名家散文
必讀系列

U0109128

牛漢

劉子凌　導讀

牛漢　著

中華教育

目錄

牛漢小傳

牛漢（1923—2013），原名史成漢，蒙古族，山西定襄人，我國當代著名詩人、散文家、出版家，曾任人民文學出版社副總編輯。

牛漢出身於一個普通的農民家庭，從小在農村長大，諳熟鄉土生活的所有細節。所以他在散文裏往往自稱很「土」，經常強調自己與鄉土世界的那種無法割捨的精神聯繫。實際上，這裏的「土」不是貶義，而是已經上升到審美的層面了，「鄉土」着實化入了他的靈魂深處。

牛漢雖然很「土」，但他的父親卻很「洋」。牛漢的老鄉，包括牛漢的母親和他自己，在晉北那種惡劣的生態條件下，都養成了堅韌、強悍的性格。但牛漢的父親史步蟾卻大不一樣。他從山西本地的中專學校畢業後，曾經到北京大學旁聽過兩年，後來回鄉，種地、教書。五四新文化運動的熏染，使史步蟾帶上了比較濃厚的藝術氣質。比如說，一樣都是幹農活，跑到地裏給父親送水的牛漢，總是看到種高粱的父親在野外最高的地方孤獨地坐着，俯瞰高高低低的火紅的高粱；入夜以後，油燈下，牛漢常常看到父親讀郭沫若或者徐志摩的詩，有時候還寫寫畫畫，好像在嘗試創作；一般人家教育孩子的方式是打打罵罵，可是牛漢的父親卻不，

兒子不爭氣，他不過是歎氣連連，極有耐性；還有，父親對音樂和美術的愛好與虔誠會把他深深地推到另外一個世界中去……在農村，這樣的做派不能不說是很「另類」的。不光村裏人不理解，年少的兒子也備感困惑。不過，牛漢後來認定，這樣一個多才多藝的「藝術家」父親對他的人生和藝術道路有着深刻的影響。

1937年，抗日戰爭爆發，日軍逼近牛漢的老家，在隆隆炮聲中，牛漢隨父親一起被迫離鄉流亡。不難想像，流亡的生活是艱難而且危險的。他跟父親一起冒着耳邊不斷響着的子彈的呼嘯聲，扒火車、嗆寒風，狼狽不堪。過黃河的時候，因為船翻了，他落入冰冷渾濁的河水中，一氣被沖到下游十幾里，僥倖撿回一條性命。死裏逃生的兒子和父親劫後重逢，只有無言相對，涕淚橫流。千辛萬苦到達西安後，為了謀生，牛漢還賣過報紙。儘管生活顛沛流離，牛漢還是輾轉接受了中學和大學教育，其間還進學校學過畫畫，老師裏面有艾青等文化名人。

牛漢在1939年開始詩歌寫作，1942年《鄂爾多斯草原》的發表為他在詩壇贏得了最初的名聲。他還加入了中國共產黨的地下小組，後來因為組織被破壞，又與組織失去了聯繫。但是，基本可以認為，牛漢的文學生活與他的革命生活是同步的。牛漢接近共產黨與他的共產黨員舅舅有關，也和那個時代有關。那是一個戰鬥的年代，一個血與火的年代，追求進步的知識分子，無不對共產黨抱有好感。牛漢也不例外，他是懷着一腔的國仇家恨投身革命活動的。因此，對他來說，文學就不是書齋裏的小擺設，而是個人戰鬥情懷

的一種表達。他所進行的詩歌活動，也是革命鬥爭的一種形式。相應的，他的詩歌作品慷慨濃烈、高亢激昂，是那個時代的典型。

雖然當時已經國共合作，但是在國民黨政權之下，與共產黨的接近還是給牛漢帶來了不少麻煩。因為拒絕在畢業典禮上集體加入國民黨，全省會考第二名的他沒有獲得高中文憑；因為不願加入青年軍，他又在大學裏被取消了公費待遇。1946年，參與組織學生運動的牛漢被捕入獄，遭到嚴刑拷打。出獄後，他重新入黨，繼續從事地下工作，為此遭到反動勢力的追捕。險惡的鬥爭生活沒有讓牛漢中斷寫作，他的文學活動始終與政治活動相伴而行，他的詩名，也逐漸為更多人所知。

1948年，牛漢進入解放區，到華北大學學習。建國後，他熱情地投入到新中國的建設中，先後在學校、軍隊中待過，成長為教育、文化戰線上一個勤勤懇懇的工作者。1953年轉業後，牛漢來到人民文學出版社當編輯。1955年，受「胡風反革命集團」事件株連，牛漢被關押、被批鬥、被下放至「五七幹校」勞動，歷盡種種磨難。逆境中，他仍然沒有停下手中的筆，而是寫出了《半棵樹》、《華南虎》、《悼念一棵楓樹》、《巨大的根塊》、《麂子》等詩。這些詩正式發表後，傳誦一時，膾炙人口，引發了大批相同遭遇的人的強烈共鳴。這些作品流露出來的堅忍的生活態度，以及在特殊環境下寫作這些作品的行為本身，堪稱那一代知識分子抗爭和奮鬥的精神自畫像。

復出以後，牛漢參與了《新文學史料》的創刊，並任

主編。《新文學史料》刊載了許多現代作家的回憶錄、書信等，為現代文學的研究者和讀者保存了大量珍貴史料。作為老作家，牛漢對新生代詩人多有獎掖，北島、舒婷、江河等青年詩人，都得到過他的扶植和提攜。在從事着繁忙的編輯工作的同時，步入老年的牛漢又一次迸發出強大的創作能量，他的單篇作品和詩集曾多次獲獎。

隨後，老詩人又開始積極嘗試散文寫作。以「童年牧歌」系列為代表，他回到了自己童年的世界之中。牛漢的散文風格樸素而清新，懇切且不乏幽默，情感真摯，娓娓道來，為讀者展現了一幅幅飽含鄉土氣息的風景畫和風俗畫，很受讀者歡迎。

牛漢的作品結集為《牛漢詩文集》五卷，另有詩集、散文集多種。

綿綿土

「綿綿土」，第一眼見到這個詞，你會想起甚麼？很可能是綿延無盡的大地吧。比如電影《黃土地》裏的黃土高原，裸露的土地充塞了整個鏡頭，猛烈、肆意、無邊無際，彷彿充滿了生機，卻又讓人感到巨大的重壓……

《綿綿土》的開頭，就製造了這樣矛盾的感覺：「那是個不見落日和霞光的灰色的黃昏。天地灰得純淨，再沒有別的顏色。」扯天扯地的灰，很壓抑，但是，它「純淨」，綿綿不絕。那麼，文章要寫的是沙漠吧：「空曠得沒有邊沿」，那不就是「綿綿」麼？

黃沙漫漫，遮天蔽日，彷彿沙漠正一天一天地吞噬着人類的生存空間。不過，讓人吃驚的是，作者竟然把沙漠看成了家，以至於第一次相見就「情不自禁地五體投地，伏在熱的沙漠上」。作者牛漢是蒙古族人，這個古老的民族自古就逐水草而居，與沙漠為伴。流淌着蒙古族人血液的牛漢，繼承了祖先的基因密碼，「從小就像有着血緣關係似的嚮往沙漠」。

繼續往下讀，等等，沙漠還不是「綿綿土」。花了好大篇幅描述沙漠之後，作者終於告訴我們，「綿綿土」實際是他老家接生孩子的、極細柔的沙土。孩子必須誕生在「綿綿土」上，用「綿綿土」溫暖身體，用「綿綿土」擦拭乾淨。好奇怪的習俗啊！然

而，又是多麼浪漫啊！千萬年來，人類就是一代又一代地誕生在腳下這片綿延無盡的土地上。土地母親給人類生命，給人類呵護，讓人類繁衍生息。呱呱墜地的我們都是土地上結出來的「穀穗」。讓孩子誕生在「綿綿土」上，又有甚麼好奇怪的呢？它是我們的母親，我們的故鄉，我們的守護神。

　　奇怪的不是「綿綿土」的習俗，奇怪的是我們自己。我們有多久沒有親近腳下的土地了，忘記我們的根脈又有多久了呢？

那是個不見落日和霞光的灰色的黃昏。天地灰得純淨，再沒有別的顏色。

踏上塔克拉瑪干大沙漠，我恍惚回到了失落了多年的一個夢境。幾十年來，我從來不會忘記，我是誕生在沙土上的。人們準不信，可這是千真萬確的。我的第一首詩就是獻給從沒有看見過的沙漠。

年輕時，有幾年我在深深的隴山山溝裏做着遙遠而甜蜜的沙漠夢，不要以為沙漠是蒼茫而乾澀的，年輕的夢都是甜的。由於我的家族的歷史與故鄉人們走西口的說不完的故事，我的心靈從小就像有着血緣關係似的嚮往沙漠，我覺得沙漠是世界上最悲壯最不可馴服的野地方。它空曠得沒有邊沿，而我嚮往這種陌生的境界。

此刻，我真的踏上了沙漠，無邊無沿的沙漠，彷彿天也是沙的。全身心激蕩着近乎重逢的狂喜。沒有模仿誰，我情不自禁地五體投地，伏在熱的沙漠上。我汗濕的前額和手心，沾了一層細細的閃光的沙。

半個世紀以前，地處滹沱河上游苦寒的故鄉，孩子都誕生在鋪着厚厚的綿綿土的炕上。我們那裏把極細柔的沙土叫做綿綿土。「綿綿」是我一生中覺得最温柔的一個詞，詞典裏查不到，即使查到也不是我說的意思。孩子必須誕生在綿綿土上的習俗是怎麼形成的，祖祖輩輩的先人從沒有解釋過，甚至想都沒有想過。它是聖潔的領域，誰也不敢褻瀆。它是一個無法解釋的活的神話。我的祖先們或許在想：人，不生在土裏沙裏，還能生在哪裏？就像穀子是從土地裏長出來一樣的不可懷疑。

因此，我從母體降落到人間的那一瞬間，首先接觸到的是沙土，沙土在熱炕上焙得暖呼呼的。我的潤濕的小小的身軀因沾滿金黃的沙土而閃着晶亮的光芒，就像成熟的穀穗似的。接生我的仙園老姑姑那雙大而靈巧的手用綿綿土把我撫摸得乾乾淨淨，還湊到鼻子邊聞了又聞，「只有土能洗掉血氣。」她常常說這句話。

我們那裏的老人們都說，人間是冷的，出世的嬰兒當然要哭鬧，但一經觸到了與母體裏相似的溫暖的綿綿土，生命就像又回到了母體裏安生地睡去。我相信，老人們這些詩一樣美好的話，並沒有甚麼神祕。

我長到五六歲光景，成天在土裏沙裏廝混。有一天，祖母把我喊到身邊，小聲說詞：「限你兩天掃一罐子綿綿土回來！」「做甚用？」我真的不明白。

「這事不該你問。」祖母的眼神和聲音異常莊嚴，就像除夕夜裏迎神時那種虔誠的神情，「可不能掃粗的髒的。」她叮嚀我一定要掃聚在窗櫺上的綿綿土，「那是從天上降下來的淨土，別處的不要。」

我當然曉得。連麻雀都知道用窗櫺上的綿綿土撲棱棱地清理牠們的羽毛。

兩三天之後我母親生下了我的四弟。我看到他赤裸的身軀，紅潤潤的，是綿綿土擦洗成那麼紅的。他的奶名就叫「紅漢」。

綿綿土是天上降下來的淨土。它是從遠遠的地方飄呀飛呀地落到我的故鄉的。現在我終於找到了綿綿土的發祥地。

我久久地伏在塔克拉瑪干大沙漠的又厚又軟的沙上，百

感交集，悠悠然夢到了我的家鄉，夢到了與母體一樣溫暖的我誕生在上面的綿綿土。

　　我相信故鄉現在還有綿綿土，但孩子們多半不會再降生在綿綿土上了。我祝福他們。我寫的是半個世紀前的事，它是一個遠古的夢。但是我這個有土性的人，忘不了對故鄉綿綿土的眷戀之情。原諒我這個痴愚的遊子吧。

騾王爺

導讀

《騾王爺》寫的是人和動物之間的神祕聯繫。

小孩子總愛做淘氣的事。他們狂跑、摔跤、戲水，充溢的生命力讓他們像得了多動症一般不肯沉靜下來。這一回，七歲的「我」鑽到了大車底下。誰能想到，一尺多深的車轍竟然是避寒聖地。作者和小夥伴在「熱熱的厚厚的細土」裏沉入了「黑甜的真正的泥土夢的深處」。睡在細土裏，做着泥土夢，這些孩子真是「地之子」。文章一開始的語氣是舒緩的。

在車轍裏沉睡畢竟危險。要不是騾子及時地收住腳步，三個孩子就會永遠沉睡在泥土裏了。作者用了兩個很長的段落來講他們獲救的經過。一段是他們自己在現場的所見所聞，另一段是村裏人事後的講述。一開始是趕車老漢的揮鞭、騾子的止步、小孩子的飛跑，事情發生得極快。電光石火的一瞬間，最後定格為這樣的一幅畫面：騾子「讓人膽寒的嚴厲的」目光、呆呆站在土坡上的孩子和又驚又怕的趕車老漢。畫面再次動起來，就是老漢的怒斥和三個孩子的下跪。這是兩段鏡頭感非常強的文字，節奏的變化恰如其分，大大增加了故事的感染力。

騾子的表現讓我們久久不能忘懷：牠嚴厲的目光，牠鼻孔響亮地噴出的熱氣，牠不停搗動的蹄子，都在訴説着甚麼。雖然牠不能説話，但牠是多麼通人性的動物啊。

我的故鄉，也可以說是我的童年世界裏，把天上地下的神都叫做爺爺！老天爺，土地爺，財神爺，關老爺，灶王爺（不叫奶奶），牛王爺，馬王爺，多得數不過來。祖母講過一個騾子成不了神仙的故事，情節都忘了，只隱約記得一點，說：騾子的相貌和蹄腿都生得很威武氣派，而且很能幹活，但不算是正經牲口，牠非驢非馬，非公非母，命定是個苦命的奴才。神仙們有的騎馬，有的騎驢，還有騎老虎獅子的，沒見過一個騎騾子的。可是我從七歲那年起，就把騾子尊為神仙，叫牠爺爺。我對祖母講過我把騾子叫做爺爺的理由，祖母高興地說：「該叫，該叫。」我一直不敢對母親說。母親不信鬼神，也不信甚麼命運，所以她才敢懷裏揣着菜刀，單身冒險去謀殺閻錫山。我四十年代寫過一首詩讚美母親的英雄行徑。在家裏，我只在心裏叫騾子為爺爺，不敢聲張，牠只是我的騾王爺。

　　下面說說我為甚麼要把騾子尊為神，叫牠爺爺。得仔細地講，否則大家莫名其妙，以為我是榮格①說的那種迷戀童年的精神病患者，在痴情地說着夢話或鬼話。

　　我的故鄉地處高寒的晉東北半山區，離雁門關和五台山都不遠。一到深秋，太陽在天上像一個熟透的大紅柿子滾落到山那邊，晚霞正如一攤爛柿子泥。冷風立刻吹得人直打哆嗦。但在野地裏玩耍成性的男孩子們，不肯穿上衣裳，仍赤

---

① 榮格（1875—1961），瑞士心理學家和精神分析師，早年曾與弗洛伊德合作。弗洛伊德認為人格是由童年早期經驗決定的，但這一觀點榮格並不接受。

條條地跑去跑來，或者在五道廟門口的空場上，連喊帶叫地摔跤。人一旦靜止下來，便想找個避風的地方去暖暖身子。

每年的這個季節，寒節與中秋節之間，孩子們都曉得有個地方異常地暖和，那是個十分隱祕的地方，而且要冒着風險，它就是村邊官道上被大車碾壓成的一段深深的車道溝，就是通常人們說的車轍。由於路面坑坑窪窪的，有一段夏天常聚成一汪水，有時變成爛泥坑，秋天之後，泥坑才漸漸乾涸，被車軲轆碾成綿細的泥土，有一尺多深，枯夏旱天赤腳蹚過去，腳心燒得生疼。

五六十年之後的今天，仍記得清清楚楚：七歲那年，入秋之後，在滹沱河游了最後一回水，一上岸，渾身冷嗖嗖的，我和二蠻、元貞幾個小夥伴一陣風跑向官道，鑽進上面說的那個溫暖的綿細的土窩窩裏。讓一個小孩子瞭哨，看見有大車過來，喊叫一聲，我們立馬鑽出來讓車過去。車溝裏的土固然綿細如粉末，但顏色黑灰，還有一股熏人的牲口糞尿味。對我們來説，牲口糞不算臭，尿味卻直熏得人憋氣。然而這一點點氣味，只要挨過一會就香臭不分，全聞不見了，彷彿我們也變成一攤臭泥。這時只有一窩熱熱的厚厚的細土，讓我們裸赤的肌體裏裏外外地得到享受。太陽下山好久，天暗了下來，這個暖和的土窩窩，一時仍冷卻不了，小身子深深地埋伏在裏面，連心肝五臟都透熱透熱的了。這時人常常迷迷糊糊地陷入一個黑甜的真正的泥土夢的深處。

人像溶化成夢似的，不知過了多長時間……

夢境天崩地裂！渾身火辣辣地被甚麼抽打得痛醒過來。一個趕大車的老漢，叭叭地揮着牛筋鞭子，朝我們幾個狠狠

抽下來，身子疼得鑽心，我們飛跑到路邊一個土坡上，這才看明白，為我們瞭哨的小孩兒不知到哪裏去了。大車停在離我們只有一步遠的地方。一匹高大的棕紅色的騾子兀立着，呼喘着白氣，兩隻明亮的大眼睛朝我們射來讓人膽寒的嚴厲的光芒。趕車的老漢把我們痛罵了好一頓，他說要找我們的爹媽去告狀，「不是我這匹老騾子眼明心善，你們這幾個早已叫車軲轆碾成肉餅，去見閻王爺了。」趕車的一定驚嚇壞了，他坐在路邊抽了好幾袋煙。他真是個好老漢，幾次走近那匹騾子跟前，用手撫摩騾子汗濕的光亮的頸部，回頭大聲朝我們喊：「還不給騾子跪下來，是牠救了你們的命！」我們三個一齊跪了下來，我不由地叫了一聲「騾王爺」！

　　當天晚上，才曉得騾子救我們的詳細經過。

　　村裏人說，天快暗下來，那拉炭的老漢想儘快回家，叭叭叭地一路揚鞭，一路吆喝，車走得很快，當大車趕到了我們的溫暖的土窩窩的一瞬間，騾子猛然收住蹄腿，一動不動，同時咳咳地仰天長嘯起來，顯然是想喚醒面前的幾個沉睡的生命。老漢一鞭一鞭地抽打騾子，那騾子死也不肯邁步，耳朵被抽出血，還是不動，趕車的老漢坐在車上，感到有些怪，朝前朝下看看，甚麼也沒有發現。想想看，我們幾個孩子只把臉露在土外面，臉上蒙了一層土，灰灰的一片，天又有些昏暗，真分不出是人還是土。但長「夜眼」②的騾子眼尖，看見有一個孩子在車道溝裏蠕動了一下，也許聞到

名家散文必讀系列·牛漢 ——

────────────

② 「夜眼」，有些大牲口夜裏能看清路，莊稼人說牠們生着「夜眼」。

了人的氣息，騾子仰起頭朝後穩住了車。只要騾子再邁一步，我們幾個必定死在車輪之下，世界上就不再有我了。

我們從地上爬起來，一起擁到騾子那裏，摸摸牠汗涔涔的頭部，哇哇地都哭了起來，彷彿生命又一次得到誕生。

騾子既然曉得救人，牠一定有一顆仁慈的心靈，當我們跪在地面前，撫摩牠的頸部，牠心裏不知想些甚麼？我只聽見牠的鼻孔很響亮地噴着白色的熱氣，還看見牠的蹄子不停地搗動着，牠一定是在跟我們説話哩，説甚麼不知道，但大意我明白，牠説：「我很高興。」

那個夏天，我用膠泥塑造了許多動物，我想塑一匹騾子。我到東古城挖了一籃子膠泥，那裏荒蕪的樹叢中有一個洞穴，裏面的膠泥質地異常好，棕紅透亮，正好塑那匹棕紅的騾子。這裏的膠泥，父親説，城裏的孔夫子、財神爺，還有許多廟裏的神都是取的這裏的膠泥塑的。我心裏想，用塑神的膠泥塑這匹有靈性的騾子，一定能塑出一個真神。現在，我寫這篇散文，詞語為甚麼這麼土，因為我總想着必須用膠泥塑騾王爺！

六十多年過去了，許多神都已死亡，騾王爺卻神一樣地活在我心裏。

我偷了孔夫子的心
——追念死去的第一個朋友

導讀

這篇文章的題目就很吸引人:孔夫子的心怎麼能偷到呢?讀了文章之後我們才知道,「我」偷的是孔夫子神像肚子裏的一面銅鏡。在篤信鬼神的小孩子的想像中,這面銅鏡就是孔夫子的心——它會在人的懷裏「跳動」。於是,兩個小學生被攪得寢食不安,心神不寧。「上課時,我把銅鏡揣在懷裏,不但安不下心來聽課,心慌得咚咚直響,總覺得孔夫子的心也在一塊兒跳動。」作者利用「心」字做了繞口令。表面上是他們偷了孔夫子的「心」,實際上不如說是孔夫子偷走了他們的「心」。負罪感打破了他們心靈的寧靜。闖禍的小孩子戰戰兢兢的心情,被作者寫得非常傳神。

事情沒有到此為止。我們接着讀到了王恆德的死。根據作者的理解,王恆德是替罪羊。偷走孔夫子「心」的負罪感被牽連好友的負罪感所取代,那是一種更大的負罪感。它作為「一種永恆的沉重」,讓作者記掛終生。

從當年的頑劣行徑,作者獲得了深刻的人生感悟:「人的一生就是這麼過的,悔恨常常比生命還不易消亡。」這是點題的話。大概只有「心」被偷了,才會知道真正縈繞於心、徘徊不去的是甚麼吧。文章最後在平淡中昇華,句子明白如話,連憂傷也是淡淡的,卻飽含了滄桑。

　　童年時，我是全村公認的頑童，爬牆上樹，四處撒野，實納幫子的布鞋頂多穿半個月光景，身上掛的傷從沒有斷過一天。直到考入城裏高級小學（正榜無名，列為不光彩的備取生），必須住校，管教得又非常嚴，才不得不規矩點。穿上操衣（制服），戴上鱉殼帽（圓形帶簷的），祖母笑着說：「這才像個人的樣兒。」

　　高小的校址是文廟，大成殿修得像北京城的太和殿，十分有氣派。殿裏塑着孔夫子的坐像，一年四季門窗關得死死的，麻雀勉強可以從窗眼裏鑽進鑽出。殿裏面黑洞洞的，只有孔夫子的琉璃眼珠子是亮的，一閃一閃，異常可怕。五四運動那一陣子，城裏城外廟裏的神像幾乎都被搗毀了，只留下三個神沒敢動手：這三個神是財神、關老爺，還有孔夫子。因此，孔夫子仍能穩穩地坐在大成殿裏。我總想進殿去摸摸這個聖人，就是進不去。

　　校長趙良璧，外號趙驢頭，這是由於他的面孔又醜又長，說話時聲音特別洪亮的緣故，其實他是個很正直很熱忱的人。一九三七年冬天，日本侵略軍佔了縣城，趙校長高唱《滿江紅》憂憤而死。當年，每天早晨，他高高地站在大成殿前面的祭禮台上，帶領全校學生練「八段錦」；晚自習的中間，領着大家唱《月明之夜》和《可憐的秋香》。還唱《滿江紅》，這首歌趙校長唱得最最動情，沉鬱悲壯如洪鐘。我們的歌聲常常把大成殿裏的麻雀驚得吱吱亂叫。

　　有一年的舊曆七月的一天，趙校長說文廟將要有個隆重集會，大成殿的裏裏外外必須打掃乾淨。我們全班學生整整花了一個上午才把殿裏厚厚的塵埃和麻雀糞清掃完畢。不

安分的我，想摸摸孔夫子的面孔，對趙校長說：「稟告趙校長，孔夫子一臉的塵土，我爬上去給他老人家擦一擦吧！」趙校長摸摸我的頭，誇了我一句：「好噢，小心點，不要傷了神像。」我的鞋後跟有兩個蘑菇鐵釘，脫下來讓好朋友白面書生王恆德替我擱起來，連布襪子都拔掉，生恐臭味熏了聖人孔夫子。我赤腳攀登而上，立在孔夫子的膝蓋上，把聖人的眼珠子用汗濕的手掌抹了又抹，果然亮得更見神采。又用雞毛揮子把孔夫子渾身上下的塵埃和雀糞揮掃了一遍。我突然發現孔夫子背後中央有孔圓圓的洞，想伸進手去摸摸裏面有甚麼，王恆德對我呼叫：「成漢，裏面說不定有蛇和蚰蜒，小心！」他遞給我一根小棍，我在洞裏攪動了好一陣，聽見噹的一聲，碰到個硬東西，手伸進去，沒有摸着，只摸到一把腥臭的羽毛，「麻雀在聖人肚子裏作窠孵小鳥了！」我對恆德說，還抓到一條完整的透明的蛇蛻，趕緊扔回去。我深信裏面還有甚麼神祕的東西藏着，心裏想：從古到今，受人膜拜的大聖人，難道肚子就如此的空空洞洞，連心肝五臟都沒有？但是趙校長在殿裏走來走去，監視着我們，只好爬下來。我頑性不改，悄悄把大殿後窗戶一個窗閂拔了，思謀着有朝一日找機會跳進殿裏，在聖人肚子裏仔細摸個清楚。這點鬼心眼讓恆德瞅在眼裏，他沒有聲張。回到寢室（我和恆德同炕睡，而且挨着），我把準備掏孔夫子肚子的祕密告訴了恆德，一向謹慎的恆德這一回竟然同意跟我一塊幹，他不無憂慮地對我說：「一個人幹不行，我為你瞭哨。」他做事一向仔細，誠心要保護我。

　　星期日下午的半後晌，我和恆德提前返校，一塊兒來到

大成殿背後。我敏捷地推開那扇虛掩着的窗戶，像一隻貓，輕手輕腳鑽了進去，隨手把窗戶又掩上。我飛快地攀登到孔夫子後身，在洞裏摸了好幾遍，終於摸到了那個能噹噹響的硬東西，好不容易才把它掏出來，定睛一看，是一面古老的鏽跡斑斑的銅鏡，正面平滑，我照見自己發白的變得陌生了的面孔，心裏一陣恐怖。鏡子背面有葡萄花飾，十分好看。我家也有這樣一面銅鏡，背面也是兩束葡萄，擱在母親的針線笸籮裏，母親做活時，不時在銅鏡上面磨一下針尖，夜裏還能爆出一閃一閃的火星星。我把沉甸甸的銅鏡揣在懷裏，心跳得咚咚直響，彷彿多了一顆心，彷彿銅鏡會跳動似的，我頓然悟知這銅鏡端的是孔夫子的心，否則它如何會跳動！常說「心明如鏡」，真是這麼回事。恆德也説銅鏡一定是孔夫子的心。他主張當天送回去，否則大家來祭禮，聖人的心卻被掏空了，實在是樁不可饒恕的罪孽。但是已經來不及了，返校的同學越來越多，我只好把銅鏡帶回寢室藏匿起來。

當年我和王恆德都篤信鬼神，以為這面銅鏡既然是孔夫子的心，一定有神靈附在上面。

晚上，當寢室的油燈吹滅之後，我和恆德把銅鏡擱在熱的胸脯上，摸來摸去，冥冥中以為這顆聖人的心能感到我們對它的撫愛，因而它會幫助我們，使我們變得聰明起來。上課時，我把銅鏡揣在懷裏，不但安不下心來聽課，心慌得咚咚直響，總覺得孔夫子的心也在一塊兒跳動。由於上課思想不集中，非但沒有得到神靈幫助變得聰明起來，成績反而下降了許多。這時我才覺得孔夫子在懲罰我哩！恨不得立刻把銅鏡還回去。王恆德雖然沒有揣過銅鏡上課，由於心不在

焉，功課也有些下降，他本來是全班的優秀生。那幾天，他的眼神有些恍惚，像生了病一樣。

總找不到機會把銅鏡送還孔夫子，只能等下個星期天提前返校再説了。再不敢在夜裏悄悄地摸弄孔夫子的心了。銅鏡成了我和恆德的一塊心病。

我家在縣城的西關，路走得少，我早早地返回學校。恆德家在很遠的西鄉，左等右等，不見他返校，心裏十分焦急，我又不敢獨自跳窗戶送還銅鏡。因為恆德一再叮嚀：「一定等我返校後再一塊幹。」他深知我是個冒失鬼，難免會出甚麼差錯。我不可失信。

但是直到天黑之後，恆德還沒有返校。

我一整夜幾乎沒有入睡，像平時那樣，我把他的被窩鋪好，夜裏還迷迷糊糊不斷用手摸摸，希望被窩鼓鼓囊囊的，恆德真的已躺在炕上了。

天亮了，仍不見恆德的人影⋯⋯

上午上完一節課，休息一刻鐘。我小跑回到寢室，一推開門，不見恆德回來，卻看見一個大人，半坐半立地呆在恆德的鋪位前，他的圓圓的面孔白得發冷，兩隻眼紅紅的，用低微的聲音對我説：「我是王恆德的爹，你是成漢？」我説是。我已預感到有甚麼天大的災難襲來了，焦急地問：「恆德生病了？」恆德爹兩眼的淚大河決堤似的流淌下來，一句話不答，走了過來，緊緊抓着我的手，「恆德昨天耍水淹死了⋯⋯」耍水就是游泳，恆德今年剛學游泳。我哇哇地哭了起來。

趙校長來了。恆德的父親把兒子的鋪蓋打點好，捲起

來，還有課本和文具，都收拾到一條牛毛口袋裏。

真想把偷銅鏡的事對恆德的父親坦白出來，但趙校長一直陪着，與恆德父親不停地說話，當時我心裏只翻騰着一句話：「我把恆德害了！」我偷了孔夫子的心，卻讓恆德替我的罪了。

當天夜裏，熄燈鈴搖過不久，我摸黑走到大成殿背後，一心把銅鏡放回孔夫子的肚腔裏，但那扇窗戶早被閂起來，推了幾次推不開，我站在那裏愣怔了半天，不知怎麼辦才好。這面銅鏡無論如何不能再留在身邊了，送不回去，也不該隨便扔了，那更加造孽，我慌亂得哭了起來。我想返回寢室。在朦朧的月光下，看見明倫堂前面的一棵杜仲樹，枝葉在夜風中瑟瑟地響着，前天下午我和恆德為它才澆過水，「啊，何不把銅鏡先埋在杜仲樹下面，總比揣在身上要心安一些。」我把銅鏡深深地埋在樹下面。沒有遇見一個人。我哭着回到寢室。一夜沒有合眼，手不停地撫摸着恆德的已經空了的鋪位。我知道我已失去了朝夕相伴的好朋友王恆德，再也見不到他那溫厚的微笑和文靜的身姿了。我和他同歲，他在人世上只活了不足十一個年頭。

那面銅鏡，我一直找不到機會送回孔夫子的肚腔裏。孔夫子失去了心怎麼辦？人沒有心活不成，這誰都明白，然而聖人或神沒有心卻仍能活着，仍能泥塑木雕地巍巍然坐在那裏，受人膜拜，真是不可思議的怪事。這不僅使當年的我感到困惑不安，而且愚昧的心裏竟然還十分同情他們，甚至有幾分憐憫，否則我和恆德就不會那麼恐慌，怕聖人暗中懲罰我們了。

那面銅鏡我最終未能送還給孔夫子。五十八年之後的今天，它是不是仍埋在那棵杜仲樹的下面？

回想起來，我當年對於孔夫子的死活其實並沒有一點真的傷感，說到底不過是一種愚昧和好奇而已。令我一生懊悔不已的是王恆德的死。直到現在，我仍覺得他的死與我當年的愚蠢行為有直接的關係。由於銅鏡的事才使得王恆德為我而憂慮重重，坐立不安，他在滹沱河裏游水的時候一定思想不集中，心裏想着第二天返校之後與我一塊兒送還孔夫子的心的事。而且那幾天他明顯地消瘦了許多，連睡覺也很不安穩，半夜醒來一再小聲地叮嚀我：「以後可不能冒冒失失了。」這句話我一生沒有忘記，檢點自己一生的經歷，更覺得悔恨不已，十分對不住死去的王恆德。

王恆德是我失去的第一個朋友。他的短促的一生是很渺小而平凡的，世界上有幾個人現在仍能記得起他？他的形象在我的記憶之中也早已十分的模糊了，就像浮現在天邊的一抹煙一般渺茫的風景。這風景很快將與我一同消亡。但是他的死卻已成為一種永恆的沉重，壓在我的心頭上，這沉重的內涵就是無法消失的悔恨，我一直不能忘記他，就是由於他的死；如若他當年沒有死，還活到了今天，沒有這個悔恨，也許我早已把他忘卻了。人的一生就是這麼過的，悔恨常常比生命還不易消亡。

燈　籠　紅

　　燈籠紅不是燈籠，也不是顏色，而是一種香瓜。在文章裏，它成為了作者的曾祖母的象徵。曾祖母「雋永而仁慈的美好性靈」，被作者比作又紅又甜的瓜瓤。那是生命成熟之後的珍貴收穫。

　　文章回憶曾祖母，卻從她的死寫起，然後才寫到她對作者的疼愛：她稱曾孫小名「漢子」，全然不顧這個稱呼的歧義；她半個身子埋進麥秸裏給曾孫掏「燈籠紅」；她從寬大的袖口給曾孫摸出零食；她唸咒語一樣地祝願曾孫長大……都是小事情，在作者的記憶裏，有些甚至沒有更為完整的情節，可是我們已經能夠充分感受到這樣一位老人對後代的濃得化不開的慈愛。

　　真情最感人。我們發現，作者調動了他的感官，模糊的故事情節因為有他細膩的感官體驗而清晰起來。比如被子外的新繡花鞋，比如「燈籠紅」散發的陽光味兒，比如曾祖母微微顫動的、乾澀的手掌……這些只與身體有關的記憶，烘托出一種溫暖、柔和的氛圍，道盡了兩代人之間的血肉親情。

　　文章最後結束於死，照應了開頭。但是因為中間行文所講到的曾祖母的一切，這兒的死才是一種「完成」：曾祖母「像收完了莊稼的一塊田地，安靜地等着大雪深深地封蓋住它」。後代子孫將肩負着她的「完成」而前行。多麼平凡而又偉大的生命！

我們家鄉有一種香瓜叫做「燈籠紅」。這瓜熟透了以後，瓤兒紅得像點亮的燈籠。我的曾祖母就像熟透了的燈籠紅。她面孔黧黑，佈滿老樹皮般的皺紋，可是心靈卻如瓜瓤那樣又紅又甜。我的童年時期見過不少這樣的老人，他們經歷了艱難的一生，最後在生命的內部釀出並積聚起雋永而仁慈的美好性靈。

　　曾祖母至少活到八十歲以上，我四歲那年，她無疾而終。我跟她在一盤大炕上挨着睡，她死的那天晚上，把我的被褥鋪好，像往常那樣，如打坐的僧人，久久不動地盤腿坐在上面，為的是把被窩焐得暖暖和和的。我光身子一出溜鑽進被窩，曾祖母隔着被子撫拍我好半天，直到入睡為止。那時正是嚴寒的冬天。當我在溫暖的被窩裏做着夢的時候，曾祖母在我身邊平靜地向人生告別了。

　　我睡得死，醒來時天大亮。平時曾祖母早已起牀下地，坐在圈椅裏跟祖母説話，今天為甚仍穩睡着？側臉一瞧，一雙繡花的新鞋露在曾祖母的被頭外面，不是過大年，為甚穿新鞋？還有，她怎麼頭朝裏睡？我愣怔地坐起來，看見姐姐立在門口嚶嚶地哭泣，屋裏有幾個大人靠躺櫃立着。我坐起來。剛喊了聲「老娘娘」（家鄉對曾祖母這麼叫，第一個「娘」讀入聲），就被一雙有力的手臂連被窩一塊抱走，送到父母住的屋子裏。我哭着，我並不曉得曾祖母已死，喊着「老娘娘……」這時我才聽見我的幾個姐妹也都哭喊着「老娘娘」。

　　我家的大門口平放着一扇廢棄的石磨，夏日黃昏，曾祖母常常坐在上面。我從遠遠的街角一露面，她就可着嗓

門喊我：「漢子，漢子，快過來！」我們家鄉女人把丈夫才叫「漢子」。曾祖母「漢子漢子」地叫我，引得過路的人狂笑不止。這個細節一直沒有忘記。我跑到她身邊，她牽着我的手走進大門。一進大門，有一間堆放麥秸的沒門沒窗的房子，麥秸經過碌碡壓過以後很柔軟，我們叫「麥滑」。當年的麥秸都有股濃馥的太陽味兒，我自小覺得凡太陽曬過的東西都有一股暖暖的甜味兒。在收割季節的莊稼葉子上能聞到，地裏的土坷垃上能聞到，熟透的「燈籠紅」香瓜散發出的太陽味兒最濃。

曾祖母叮嚀我：「你看着，不要讓人來。」我心裏全明白，假裝着懵懵懂懂，隔着麥秸，我早聞到了誘人的燈籠紅的香味。曾祖母跪在麥秸上，雙手往裏掏，掏得很深，半個身子幾乎埋進麥秸裏，麥秸裏沉聚的芬芳的太陽味兒被揚了起來，刺得鼻孔直癢癢。她終於掏出三五個「燈籠紅」，逐個聞一聞，挑出其中最熟的一個遞給我，把剩下那幾個又深深地寄在麥秸裏面。家鄉話中的「寄」是藏匿的意思。甜瓜寄在麥秸裏兩三天，能把半熟的瓜釀得全熟，濃濃的香味溢出了瓜皮。香味正如同燈放射出的光芒，只不過不像燈光能看得見。其實跟看得見也差不多，一聞到香味就等於看見紅爍爍的瓜瓤了。我們回到大門口磨盤上坐着，曾祖母眼瞅着我一口口地把瓜吃完。

我連曾祖母的姓和名字都不知道。她留給我的只有上面說的一些夢一般的事跡。隱約地記得她個子很矮小，穿的襖肥而長，寬大的袖口捲起半尺來高，裏面總寄放些小東西，她會從裏面給我掏出幾個醉棗或麥芽糖。對曾祖母的手我還

有記憶。她總用乾澀的手撫摸我的面孔，晚上當我鑽進被窩，她的手伸進被窩久久地緩慢地撫摸着我，從胸口直撫摸到腳心，口裏念念有詞：「長啊，長啊！」我現在仍能隱隱感觸到她的手微微顫動着，在我的生命的裏裏外外⋯⋯別的，關於她，我甚麼也記不得了。她早已隱沒進了無法憶念的像大地一般深厚的歷史的內腔之中了。

聽說曾祖母年輕時性子很剛烈，說一不二，村裏有個姓王的武舉人是全縣有名的摔跤場的評判，都怕她三分。到了晚年，她卻異常地溫厚，像收完了莊稼的一塊田地，安靜地等着大雪深深地封蓋住它。她從人世間隱沒了，回歸到了生養她的渾然無覺的大自然。大自然因他們無以數計的生命的靈秀和甜美而更加富有生育的能力。

祖母的呼喚

導讀

台灣詩人余光中在《呼喚》一詩中寫道:

就像小的時候
在屋後那一片菜花田裏
一直玩到天黑
太陽下山,汗已吹冷
總似乎聽見,遠遠
母親喊我吃晚飯的聲音
可以想見晚年
太陽下山,汗已吹冷
五千年深的古屋裏就亮起一盞燈
就傳來一聲呼叫
比小時更安慰,動人
遠遠,喊我回家去

哪一個玩得昏天黑地的淘氣孩子沒有聽到過親人這樣的呼喚?這聲音裏充溢着親人殷切的關愛。

牛漢寫祖母的呼喚,抓住了兩點。

第一是聲音的「清晰」:「她的聲音最細最弱,但不論在河邊,在樹林裏,還是在村裏哪個角落,我一下子就能在幾十個聲調不同的呼喚聲中分辨出來。她的聲音發顫,發抖,但並不沙啞,聽起來很清晰。」以至於她單獨的呼喚「聲音格外高,像擴大了幾十倍,小河、樹林、小草都幫着她喊」。這裏擬人的修辭法活化了「我」當時的幻覺,給人的感覺是,他被祖母的聲音包圍,也被祖母的慈愛包裹。在作者細緻的描寫中,門框和門邊都留下了這種呼喚的痕跡。不是年長日久,不是舐犢情深,何以至此呢?

　　第二是聲音中關於「狼」的警告:「曠野上走路,千萬不能回頭!」這句話本來是因為真的有狼,後來卻成為作者人生的座右銘。親人的生命,在他身上延續。

　　這樣,牛漢的回憶就帶上了自己的特點。

　　文中的比喻手法也值得注意。比如開篇,作者把耳朵裏的聲音比喻成水珠或者水線,就非常精彩。

在一篇文章裏，我說過「鼻子有記憶」的話，現在仍確信無疑。我還認為耳朵也能記憶，具體說，耳朵深深的洞穴裏，天然地貯存着許多經久不滅的聲音。這些聲音，似乎不是心靈的憶念，更不是甚麼幻聽，它是直接從耳朵祕密的深處飄響出來的，就像幽谷的峯巒縫隙處滲出的一絲一滴叮咚作響的水，這水珠或水線永不枯竭，常常就是一條河的源頭。耳朵幽深的洞穴是童年牧歌的一個源頭。

我十四歲離開家鄉以後，有幾年十分想家，常在睡夢中被故鄉的聲音喚醒，有母親急促而沉重的腳步聲，有祖母深夜在炕頭因胃痛發出的壓抑的呻吟。幾十年之後，在生命承受着不斷的寂悶與苦難時，常常能聽見祖母殷切的呼喚。她的呼喚似乎可以穿透幾千里的風塵與雲霧，越過時間的溝壑與迷障：

「成漢，快快回家，狼下山了！」

我本姓史，成漢是我的本名。

童年時，每當黃昏，特別是冬天，天昏黑得很突然，隨着田野上冷峭的風，從我們村許多家的門口，響起呼喚兒孫回家吃飯的聲音。男人的聲音極少，總是母親或祖母的聲音。喊我回家的是我的祖母。祖母身體病弱，在許多呼喚聲中，她的聲音最細最弱，但不論在河邊，在樹林裏，還是在村裏哪個角落，我一下子就能在幾十個聲調不同的呼喚聲中分辨出來。她的聲音發顫，發抖，但並不沙啞，聽起來很清晰。

有時候，我在很遠很遠的田野上和一羣孩子們逮田鼠，追兔子，用鍬挖甜根苗（甘草），祖母喊出第一聲，只憑感

覺，我就能聽見，立刻回一聲：「奶奶，我聽見了。」挖甜根苗，常常挖到一米深，挖完後還要填起來，否則大人要追查，因為甜根苗多半長在地邊上。時間耽誤一會兒，祖母又喊了起來：「狼下山了，狼過河了，成漢，快回來！」偶然有幾次，聽到母親急促而憤怒的呼吼：「你再不回來，不准進門！」祖母的聲音拉得很長，充滿韌性，就像她擀的雜麵條那麼細那麼有彈力。有時全村的呼喚聲都停息了，只有耍野成性的我還沒回去，祖母焦急地一聲接一聲喊我，聲音格外高，像擴大了幾十倍，小河、樹林、小草都幫着她喊。

大人們喊孩子們回家，不是沒有道理。我們那一帶，狼叼走孩子的事不止發生過一次。前幾年，從家鄉來的妹妹告訴我，我離家後，我們家大門口，大白天，狼就叼走一個兩三歲的孩子。狼叼孩子非常狡猾，牠從隱祕的遠處一顛一顛不出一點聲息地跑來，據説牠有一隻前爪總是貼着肚皮不讓沾地，以保存這個趾爪的鋭利，所以人們叫牠瘸腿狼。狼奔跑時背部就像波浪似的一起一伏，遠遠望去，異常恐怖。牠悄悄在你背後停下來，你幾乎沒有感覺。牠像人一般站立起來，用一隻前爪輕輕拍拍你的後背，你以為是熟人跟你打招呼，一回頭，狼就用保存得很好的那個趾爪深深刺入你的喉部。因此，祖母常常警戒我：在野地走路，有誰拍你的背，千萬不能回頭。

祖母最後的呼喚聲，帶着擔憂和焦急，我聽得出來，她是一邊吁喘，一邊使盡力氣在呼喚我啊！她的腳纏得很小，個子又瘦又高，總在一米七以上，走路時顫顫巍巍的，她只有托着我家的大門框才能站穩。久而久之，我家大門的一邊

門框，由於她幾乎天天呼喚我回家，手托着的那個部位變得光滑而發暗。祖母如果不用手托着門框，不僅站不穩，呼喚聲也無法持久。天寒地凍，為了不至於凍壞，祖母奇小的雙腳不時在原地蹬踏，她站立的那地方漸漸形成兩塊凹處，像牛皮鼓面的中央，因不斷敲擊而出現的斑駁痕跡。

我風風火火地一到大門口，祖母的手便離開門框扶着我的肩頭。她從不罵我，至多說一句：「你也不知道肚子餓。」

半個世紀來，或許是命運對我的賜予，我仍在風風雨雨的曠野上奔跑着，求索着；寫詩，依我的體驗，跟童年時入迷地逮田鼠、兔子，挖掘甜根苗的心態異常的相似。

祖母離開人世已有半個世紀之久了，但她那立在家門口焦急而擔憂地呼喚我的聲音，仍然一聲接一聲地在遠方飄蕩着：

「成漢，快回家來，狼下山了⋯⋯」

我彷彿聽見了狼的淒厲的嗥叫聲。

由於童年時心靈上感觸到的對狼的那種恐怖，在人生道路上跋涉時我從不回頭，生怕有一個趾爪輕輕地拍我的後背。

「曠野上走路，千萬不能回頭！」祖母對我的這句叮嚀，像警鐘在我的心靈上響着。

我 的 第 一 本 書

導讀

　　表面上，《我的第一本書》寫的是《國語》課本，實際上不如說寫的是同學之情。

　　作者首先説他的童年「沒有幽默」，實際上我們還是會讀到一些讓人忍俊不禁的場面。全班一共三個學生，「我」考到第二名，只比一個不會數數的同學好。好笑的是，不知情的父親一開始還誇獎了「我」。更好笑的是，「我」之所以只考了第二名，是因為寫錯了名字。作者天天帶着兩條狗去上學，課本的第一個字也是「狗」。好笑的是，他有意讓兩隻聽話的狗擾亂課堂秩序，遭到了老師的訓斥。更好笑的是，老師後來還誇狗很聰明。

　　但是，在整篇文章裏，好笑的場面是穿插，好笑背後還有苦澀。為了每人一本課本，兩個孩子別出心裁地把書割成兩半。窮苦孩子對知識的渴望，兩人相濡以沫的温情，都很讓人感動。

　　從喬元貞對求學的渴望和二黃毛勇敢的抗戰生涯看，他們都是優秀的人才。走了一條完全不同的人生道路的作者，回憶起當年的同學，是不免無常之感的。

　　這篇文章，交替渲染着歡樂和苦澀，又把兩種情緒糅合在一起，最後，歡樂和苦澀難分彼此了。結尾呼應開頭，點出了「人不能忘本」的主題。

前幾天詩人蔡其矯來訪，看見我在稿紙上寫的這個題目，以為是寫我出版的第一本詩集，我說：「不是，是六十年前小學一年級的國語課本。」他笑着說：「課本有甚麼好寫的？」我向他解釋說：「可是這一本卻讓我一生難以忘懷，它酷似德國漫畫家卜勞恩的《父與子》中的一組畫，不過看了很難笑起來。」我的童年沒有幽默，只有從荒寒的大自然間感應到的一點生命最初的快樂和幻夢。

　　我們家有不少的書，那是父親的，不屬於我。父親在北京大學旁聽過，大革命失敗後返回家鄉，帶回一箱子書和一大麻袋紅薯。書和紅薯在我們村裏都是稀奇東西。父親的藏書裏有魯迅、周作人、朱自清的，還有《新青年》、《語絲》、《北新》、《新月》等雜誌。我常常好奇地翻看，不認字，認畫。祖母嘲笑我，說：「你這叫做瞎狗看星星。」那些本頭大的雜誌裏面，夾着我們全家人的「鞋樣子」和花花綠綠的窗花。書裏有很多奇妙的東西。我父親在離我家十幾里地的崔家莊教小學，不常回家。

　　我是開春上的小學，放暑假的第二天，父親回來了。我正在院子裏看着晾曬的小麥，不停地轟趕麻雀，祖母最討厭麥子裏摻和上麻雀糞。新打的小麥經陽光曬透得發出甜蜜蜜的味道，非常容易催眠和催夢。父親把我喊醒，我見他用手翻着金黃的麥粒，回過頭問我，「你考的第幾名？」我說：「第二名。」父親摸摸我額頭上的「馬鬃」，欣慰地誇獎了我一句：「不錯。」祖母在房子裏聽着我們說話，大聲說：「他們班一共才三個學生。」父親問：「第三名是誰？」我低頭不語，祖母替我回答：「第三名是二黃毛。」二黃毛一

隻手幾個指頭都說不上來，村裏人誰都知道。父親板起了面孔，對我說：「把書本拿來，我考考你。」他就地坐下，我磨磨蹭蹭，不想去拿，背書認字難不住我，我怕他看見那本淒慘的課本生氣。父親是一個十分溫厚的人，我以為可以賴過去。他覺出其中有甚麼奧祕，逼我立即拿來，我只好進家屋把書拿了出來。父親看着我拿來的所謂小學一年級《國語》第一冊，他愣了半天，翻來覆去地看。我垂頭立在他的面前。

我的課本哪裏還像本書！簡直是一團紙。書是攔腰斷的，只有下半部分，沒有封面，沒有頭尾。我以為父親要揍我了，沒有。他愁苦地望着我淚水盈眶的眼睛，問：「那一半呢？」我說：「那一半送給喬元貞了。」父親問：「為甚麼送給他？」我回答說：「他們家買不起書，教師規定，每人要有一本，而且得擺在課桌上，我只好把書用刀砍成兩半，他一半我一半。」父親問我：「你兩人怎麼讀書？」我說：「我早已把書從頭到尾背熟了。喬元貞所以考第一，是因為我把自己的名字寫錯了，把『史承漢』的『承』字中間少寫了一橫。」父親深深歎着氣。他很了解喬元貞家的苦楚，說：「元貞比你有出息。」為了好寫，後來父親把我的名字中的「承」改作「成」。

父親讓我背書，我一口氣背完了。「狗，大狗，小狗，大狗跳，小狗也跳，大狗叫，小狗也叫……」背得一字不差。

父親跟喬元貞他爹喬海自小是好朋友，喬家極貧窮，喬海隔兩三年從靜樂縣回家住一陣子，他在靜樂縣的山溝

裏當塾師，臉又黑又皺，脊背弓得像個「馱燈獅子」（陶瓷燈具）。

父親對我說：「你從元貞那裏把那半本書拿來。」我不懂父親為甚麼要這樣，送給人家的書怎麼好意思要回來？元貞把半本書交給我時，哭着說：「我媽不讓我上學了。」

晚上，我看見父親在昏黃的麻油燈下裁了好多白紙。第二天早晨，父親把我叫到他的房子裏，把兩本裝訂成冊的課本遞給我。父親的手真巧，他居然把兩半本書修修補補，裝訂成了兩本完完整整的書，補寫的字跟印上去的一樣好看。父親把兩本課本用牛皮紙包了皮，在封皮上寫上名字。元貞不再上學了，但我還是把父親補全的裝訂好的課本送給他。

這就是我的第一本書。對於元貞來說，是他一生唯一的一本書。

父親這次回家給我帶回一個書包，還買了石板石筆。臨到開學時，父親跟我媽媽商量，覺得我們村裏的書房不是個唸書的地方。老師「弄不成」（本名馮百成，因為他幹甚麼事都辦不成，村裏給他取了這個外號），我父親很清楚，他，人忠厚卻沒有本事。父親讓我隨他到崔家莊小學唸書。我把這本完整的不同尋常的課本帶了去。到崔家莊之後，才知道除了《國語》之外，本來還應該有《算術》和《常識》，因為「弄不成」弄不到這兩本書，我們就只唸一本《國語》。

還應當回過頭來說說我的第一本書，我真應當為它寫一本比它還厚的書，它值得我用崇敬的心靈去讚美。

我們那裏管「上學」叫「上書房」。每天上書房，我

家的兩條狗（一大一小）跟着我。課本上的第一個字是「狗」，我有意把狗帶上。兩條狗小學生一般規規矩矩地在教室的窗戶外面等我。我早已經把狗調教好了，當我說「大狗叫」，大狗就汪汪叫幾聲；當我說「小狗叫」，小狗也立即叫幾聲。「弄不成」在教室裏朗讀課文時，我的狗卻不叫，牠們聽不慣「弄不成」的聲調，拖得很長，而且沙啞。我提醒我的狗，輕輕喊一聲「大狗」，牠就在窗外叫了起來。我們是四個年級十幾個學生在同一教室上課，引得哄堂大笑。課沒法上了。下課後，「弄不成」把我叫去，狠狠地訓斥了一頓，說：「看在你那知書識禮的父親的面子上，我今天不打你手板了。」他罰我立在院當中背書，我大聲地從頭到尾地背了出來。兩隻狗蹲在我的身邊，陪我背書，汪汪地叫着。後來老師「弄不成」還誇我的狗聰明，說比二黃毛會唸書。

抗日戰爭期間，二黃毛打仗不怕死，負了幾回傷。他其實並不真傻，只是心眼有點死，前幾年去世了。他的一生受到鄉里幾代人的尊敬。聽說喬元貞現在還活着，他一輩子挎着籃子在附近幾個村子裏叫賣紙煙、花生、火柴等小東西。

詩人蔡其矯再來我這裏時，一定請他看看這篇小文，我將對他說：「現在你該理解我的心情了吧！」我的第一本書實在應當寫寫，如果不寫，我就枉讀了這幾十年的書，更枉寫了這幾十年的詩。人不能忘本。

打棗的季節

導讀

　　文章第一段總寫了打棗的季節、人物和大致的場景，以「打棗撿棗都十分有趣」作結，同時引起下文，調動讀者的閱讀興趣。

　　接下來的段落，作者先交代了家裏棗樹的分佈情況，然後分別描述了正式打棗前的採摘和醉棗的製作，正式打棗的快樂，以及祖母在打棗時的感慨，層次分明、清晰。

　　作者描述時並不是面面俱到，他善於使用精巧的比喻抓住整體的氣氛。他寫醉棗的香氣，是「彷彿綻開了一朵奇異的香噴噴的仙花」。無聲無形的氣味的擴散，用開花來形容，一下子就真實可感，如在目前。他寫「光芒四射」的棗子落在人身上，會「朝四面八方濺射」，把打棗人變成「能發光的神話裏的人物」。那麼，棗子就好比是傾斜而下的瀑布、輝耀四方的太陽。這是多麼細膩、敏銳的感受力！

　　這就是詩。與詩性大發的祖母一樣，棗子被作者也看做了通靈的東西。於是，文章收尾部分自然而然地揣想到棗樹也是快活的。「聽到棗子濺落到地的聲音，光芒四射地從樹身上飛濺出去，晶亮如飛虹，那情景，那聲音，那光彩，棗樹能不感到快活嗎？」是啊，快活的不光是人，也有樹。樹與人，合為一體，無比美妙。

麥熟一晌，從收割到淨場，不過三五天工夫。打棗也有個季節，記得是在農曆的八月中旬，也不過三五天，全村的棗樹差不多就打光了。打棗多半是在半前晌，多由女人和娃娃們操持和盡情享受；是的，打棗確是一種使心靈快活的享受，可惜一年只能有一回。那幾天，整個村莊此起彼落地爆響着一陣陣的歡騰聲：先聽到成千的棗子在地上蹦蹦跳跳的聲音，接着就響起了孩子們噢噢的歡呼。熟透的紅棗，在陽光的照耀下，忽閃忽閃地瀑布般濺落下來，在院子裏滾來滾去，總有那麼幾顆跑到誰也難以找到的角落躲起來。打棗撿棗都十分有趣。

我家有兩個院子，地勢高的上頭院有四棵棗樹，下頭院只有一棵。下頭院的一棵不大結棗，它彎腰駝背，老態龍鍾，有半邊樹幹沒有皮。下頭院早年有個牲口圈，曾祖父在世時，我家還趁一套大車和一匹騾子。這棵棗樹的皮就是被那匹騾子蹭癢蹭掉的，這是曾祖母對我說的。這棵傷殘的棗樹沒有人管，棗子剛見點紅圈兒，就被孩子們摘去大半，實際上扔的比吃的多。我不吃這棵樹的棗子，我總是摘上頭院挨門的那棵樹的棗子，它汁多，核小，又大又甜。我們家收棗，實際上只有兩棵樹上有棗可打，一棵在羊圈的門口，一棵緊靠父母住的房子。這兩棵樹的棗子我和弟妹們都不大敢摘。

打棗前個把月，已經摘過一回，是由我攀到樹上一顆顆地摘的。揀個兒大五六成熟的，滿滿地摘一大籃子。母親把它們洗淨裝在瓷罐裏做醉棗。村裏做醉棗的人家不是很多。醉棗的罈子嚴嚴地封着，擱在父母房裏的條桌上，開罈的一

瞬間，孩子們都屏着氣團團圍着母親，罈蓋一開，一股濃烈的酒香棗香噴發了出來，正在院子裏的祖母立刻便可聞到，笑笑說：「醉得正合適。」要是醉得酒味壓倒了棗味，就不算合適。開罈時，醉棗的香氣隔幾家院子都能聞到，彷彿綻開了一朵奇異的香噴噴的仙花。開罈的當天，金祥大娘照例來我家要一碗醉棗，回去給當屠夫的大伯下酒。我家收棗時節，父親從不插手，寧神靜氣地在屋裏看他的書，炕桌上擺一碟剛剛出罈的紅豔豔的胖胖的醉棗。看幾頁書，吃一顆醉棗。

打棗的事由我祖母主持，先命令我把整個院子掃淨，一粒羊糞蛋都不能留。打棗前，我早已高舉竹竿，威風凜凜站在樹下聽候發令。祖母再三叮嚀我，切不可使勁太大，下手要輕。當棗子噗拉拉墜落，擊打在我的頭上、肩頭上、手臂上，不但不感到疼，還有一種酥癢的快感。而且凡是落在人身上的棗子，彈跳得格外遠。很小的時候，看到祖母和母親打棗，千百顆棗子從她們身上朝四面八方濺射着，映着秋天濃豔的陽光，那種夢境般的情景，到今天仍歷歷在目。光芒四射的紅棗墜落下來，從祖母和母親身上濺射出去，祖母和母親變成了兩個能發光的神話裏的人物。如果我四十多年前把畫學成，早已把這情景畫了出來。

我自小認為，我的祖母是個內心靈秀的女人，她常常說出一些極有詩意的話。打棗時，她似乎詩興大發，說，「樹上的棗子不能打得一乾二淨，要留十顆八顆。到下雪時，這幾顆留下的棗子會出奇的紅，出奇的透亮。」祖母指着樹尖上的那幾顆晶紅的棗，又說，「一來看着喜氣，二來冰天雪

地時，為守村的鳥雀度饑荒。」老人們說，一個村子，總會有幾隻不願飛走，忍飢挨餓死守着村子過冬的鳥雀。樹上的棗很難打盡，樹梢的棗大都是後結的「老生子」，最後的果實往往不會成熟，棗樹總是格外地護着它們，有時使着勁兒打，它們像焊在樹枝上一樣牢固。祖母對我說：「老生子不能打，再打，棗樹會生氣，明年不結棗子，或者結出來的也是苦的。」

打棗，不但女人和娃娃們快活，棗樹何嘗不快活！聽到棗子濺落到地的聲音，光芒四射地從樹身上飛濺出去，晶亮如飛虹，那情景，那聲音，那光彩，棗樹能不感到快活嗎？祖母深信不疑，我也信。

心靈的呼吸

　　這篇文章回憶了童年時跟音樂的接觸，主要寫到了兩種樂器：笙和簫。

　　音樂是很難寫的——文字的優勢在於描述情境，而不是描摹聲音。

　　高明的作者沒有浪費文字去表現簫和笙的聲音，他努力展現的，是兩種樂器和人的不同關係。簫是只屬於父親的，是父親的獨語。因為，簫的「很輕飄的、跟夜霧融成一氣的聲音」，「彷彿是從父親深奧的體腔內部流瀉出來的」。這時候，父子之間忽然出現了距離，但這種距離不正是真正理解的開始？笙是吹給別人聽的。雖然「所有的曲調都是很蒼涼的」，傳達了艱辛的生活體驗，但演奏的畢竟是一個「自樂班」，場合也是五道廟前的人羣之中。這樣來描述兩種樂器與兩種情境的對應關係，音樂就不再只是沒有生命的聲響，而是人的精神生活的象徵。

　　作者還詳細講解了父親在吹奏樂器之前的準備工作，或者靜候天黑，或者薰起檀香，或者清潔手臉。在塵土漫天的鄉村生涯裏，這種種不同尋常的舉動凸顯了音樂作為精神活動的高貴和純潔，鄉村生涯也因這種生活而被詩化。

　　除了物質生活，重要的還有精神生活。無論是音樂，還是詩，無論你是在鄉村，還是在城市，都是如此。這是這篇文章給我們的最大啟示。

音樂，在我的童年生活裏，是沉重而蒼涼的存在。它也是一個世界，我朦朦朧朧地感覺到了，並不理解，更沒有真正清醒地走進它的領域。直到現在，對於音樂的理論，甚至普通常識，可以說我都不懂。但是童年時，我聽到了許多真誠而樸實的響器的演奏和歌聲，它像土地、陽光、露珠、微風那樣的真實，強烈地感染了我。我覺得人世間確有一些美好的聲音使你無法忘卻，它滲透了你的生命，它沉重如種子落在你的心上，永遠留在那裏，生了根。童年時，我覺得音樂都是沉重的，沒有使我感到過有輕的音樂。既然能夠影響最難以感化的心靈，它當然是很強大的力量。

我曾經在一篇文章中說，如果我一直留在家鄉，我或許能成為一個民間的自得其樂的畫匠與吹鼓手，也許還是一個能捏泥人的快樂的手藝人。父親說過我是一個可以加工的粗坯子。

父親有兩船笙，一船是黃銅的，從我能記事時起，它就擺在父親的桌上，我覺得它很好看，豎立的竹管如張開的翅羽，知道它能發出奇異的聲音，就更對它生出崇敬的感情。我十歲以後，父親置買了一船白銅的，他特別珍愛這白銅的。但我還是喜歡那黃的，我覺得白的發冷，有如寺廟裏菩薩的面孔。我母親請人給這兩船笙做了布套，把它們整個包藏起來，增加了一層神祕色彩。除去父親，誰也不能動它們。父親屋裏的牆上，掛着一管竹簫，我只聽他吹過一次。村裏的老人都說父親簫吹得很好。他年輕時常吹，但後來不吹了。只有一次，一個秋天的黃昏，我已近十歲光景，父親獨自到房頂上，背靠着煙囪，手拄着簫，簫像是他生命的支

點。我以為他要吹，等了又等，他還是不吹。我坐在房頂的一個角落，離我父親好遠，我的心靈感到一片空茫，隱隱地覺出父親是孤獨而哀傷的。第一次感到不理解他。天漸漸地暗黑下來，父親的面孔已經模糊不清。父親似乎專等着天暗黑下來。我相信父親要吹簫，我沒有聽過簫聲，我期待着。不是聽見，是感覺到了有一種很輕飄的、跟夜霧融成一氣的聲音，幽幽的，靜穆的，一縷一絲地降落到我的心上。吹的甚麼曲調，我不知道，是從來未聽過的聲音。那簫聲彷彿是從父親深奧的體腔內部流瀉出來的，像黑暗中的小溪流，你不用心去感覺，就甚麼也聽不到。父親甚麼時候不吹了，我不知道，我們誰也看不見誰，互相沒有說一句話。簫不吹了，但那個由聲音顯示的情境還在，人和簫聲都不願意分離。以後我再沒聽見父親吹簫了。從童年起，我覺得簫聲是很神祕很沉重的，簫是接通心靈與遙遠世界的甬道，就像微細的血管與心臟相通那樣相依為命的關係。抗日戰爭以後，父親和我流落到了比家鄉還要蒼涼寂寞的隴南山區，父親又有了一管簫，但我還是沒聽他吹過。他一定吹過，只是不曉得他在甚麼時候甚麼地方吹，真難以遇到。回想起來，我當年在隴山山溝裏學着寫詩，就是想找一管接通遙遠世界的簫，或與簫相似的讓心靈能呼吸的氣管。

簫只屬於我父親個人，他只為自己吹，不要聽眾。笙和管子父親經常吹，不是獨自吹，是跟村裏「自樂班」的人一塊吹，總是在黃昏以後吹。深秋農閒以後，他們幾乎天天在五道廟前的人場裏鬧鬧哄哄地吹奏。全村人都能聽到。在這個意義上說，「自樂班」真正是全村的自樂班，演奏的

聲音，如當空月亮，照遍了每個角落。父親用白銅的笙吹，得到他的允許，我懷抱着黃銅的笙坐在一邊學着吹，沒有誰專門教過我。父親在家裏偶然對我說過幾句：指頭按眼，不能按得太死，聲音都憋死了，音調要像呼吸那麼自然才好，呼吸是隨曲調的命脈而呼吸。他講的大意是這樣，因比喻特殊，我一生未忘記。我從父親吹笙前的嚴肅的準備動作和神情，開始向他學習，他瘦削的雙手端着笙座，嘴唇跟笙的嘴一旦接觸，笙跟他的生命就在冥冥之中形成了一個活生生的整體，沒有笙，就沒有父親，沒有父親，也就沒有笙。只有這時，我才從各種響器的作用和它們的配合中悟通了一些道理。它們構成了一片如自然界那麼自然的情境。「自樂班」的人大都是從口外回來的，年紀都不小了，他們受夠了苦，需要解悶，當他們在一起合奏的時候，似乎忘掉了一切。所有的曲調都是很蒼涼的，在蒼茫之中，他們的心像雁羣一般飛越過寒冷的冬天，飛越過苦難的人生。

我父親記得很多古老的樂譜，他有一本書寫奇怪的豎寫的曲譜，我看不懂，全是甚麼「工尺……」。父親常常一整天在琢磨它，指頭輕輕地在炕桌上敲着。「自樂班」的其他人都不懂曲譜。但父親說，他的曲譜，大都是記錄了幾代人流傳下來的曲子，有一些是很古的北曲。解放以後，聽說父親整理出一部分，甘肅人民廣播電台請他演奏過不少次。這是我聽三弟說的，父親可從來沒有向我談過這事。

「先得摸透每個笙管的個性，」父親對我說，他讓我一個音一個音地認識笙。黃昏時，我坐在屋頂上學着吹，如果父親正好在家，他總認真地聽我吹，很少指點，最多說一句

「用心好好琢磨」。笙對我是一個很大的誘惑。吹奏時感到很振奮。整個的生命都感觸到了美妙的節奏。可以說，我對節奏的理解，就是從吹笙開始的。心靈的吐訴需要節奏，節奏能把內心的各種情感調動起來，凝聚成實實在在的音響世界，任何一個音節都不是可有可無的，都不是孤立的。

童年時半夜醒來，聽到沉鬱的駝鈴聲在空曠的夜裏一聲聲地響着，我覺得那是一種生命的音樂，一種長途跋涉的沉緩而堅毅的節奏。拉駱駝的老漢和一匹匹駱駝需要這蒼涼而莊重的聲音伴隨着。村裏「自樂班」演奏的聲音與天空的月亮、凝重的夜霧融在一起的混沌的氛圍，成為樂曲的一部分。父親在城裏一個中學教課，為了跟「自樂班」一塊演奏，天天回村，第二天一早趕到城裏去上課，從沒有間斷過。父親這種執迷的氣質我很難全部學到。

為了尋求曲譜，父親帶着笙、管、笛等和他在朔縣農業學校時期的老同學馬致遠去五台山一趟，五台山離我家鄉百十里地，馬致遠是五台人，跟廟裏管事的僧侶認識，他倆在台懷鎮住了十天半月。馬致遠對佛學和佛樂有很深的造詣，各種響器都能吹奏。父親說他有一個出家人的性子。他們跟僧侶們一塊兒通宵達旦地吹奏着。返回家裏時，父親抄回一厚本曲譜，廟裏那個管事的送給他一個宣德銅香爐，很名貴。還帶回一大塊沉甸甸的檀香木。從此以後，父親不論研讀曲譜，或者獨自吹奏樂器，事前先要把檀香切成一條條，在宣德香爐裏熏起來，那煙在昏暗的屋子裏呈乳白色。父親全身心地沉湎其中。記得父親由五台山回家不久，把兩船笙拆卸開來，把一個個竹管擦洗得一塵不染，管簧都重新

點過。整修過的笙吹起來聲音特別的爽利。我吹笙時，父親一再告誡：「把手洗淨。」我是用祖母收集的麻雀糞（誰要不信，請試試，就知我說的不假）把手上的髒污搓洗乾淨的，一般的肥皂洗不動厚厚的積垢。父親跟我一塊吹，總要檢查我的手和臉是否乾淨。彷彿不只是吹吹笙，是帶我去一處遠遠的精神的淨界，比走親戚還要鄭重幾分。父親和我端端地坐在炕上，面對面地吹，中間隔着一張炕桌。我當時覺得這一切的細節確有必要，它表現了一種虔誠的氣氛和心境。父親沒有讓我吹過管子，說我人還小，容易傷了心肺。笙主要起和聲作用，是柔性子，它的圓渾的聲音天然地跟檀香的煙霧相投合，而管子的聲音是峻拔的，像忽上忽下飛翔在笙聲的雲霧中鳴唱的鳥。我隱約記得練過《得勝還朝》，是一個悲壯的曲子，曲譜早已忘了，只在心靈裏感到了沉沉的深深的旋律。父親說，「這種曲子，兩個人吹奏不出氣勢來。」父親誇獎我吹奏的流暢，說我的指感不笨不木。我父親本來是有肺病的，可能是祖父傳染給他的，祖父三十六歲從呼和浩特病回來，吐血死了。祖父也吹笙管。父親說，「吹笙得法，對心肺是個鍛煉。」又說，「吹笙可磨煉人的脾氣。」我的性子像母親，發躁，笙聲像流水能把我的粗礪性子磨洗得光潔起來。父親吹管子時，臉憋得通紅，胸間的氣似乎聚集起來朝上沖，拼命朝高高的頂峯飛越。管子是用硬木鏤空製作的，握在手裏很沉重，還鑲着一圈圈的白銅。我父親的嘴異常靈活地吹奏着，聲音的高低強弱很難控制，每個音節，稍一不慎，鬆懈一下，就可能從高入雲霄的頂峯摔了下來，把樂曲摔得粉身碎骨。但是非常令人奇怪的是，

笙和管兩種氣質不同的聲音竟然能奏得那麼和諧，達到親密無間的地步。到現在我還有一種看法，吹奏時，曲譜固然重要，但吹奏者的心境與情緒以及周圍的環境，都是不可分的。黃昏後，村裏的「自樂班」在五道廟前熱熱鬧鬧地演奏時的那情景、那氣氛，表面上很混亂，塵土飛揚，還免不了有孩子們的哭鬧聲，可是一旦演奏起來，雜亂的一切都融和了。即使吹奏技術很粗俗，也一點兒感覺不出來。

如果我有一點對音樂的素養的話，那也是很原始的，主要就是從這些充滿了熱汗味和煙塵氣的場合感受來的。我沒有聽見我父親唱民歌，他性格很內向，歌兒都在心裏唱。跟父親同齡的莊稼人或者走口外回來的牧人，都經常在田野上小巷裏吼唱。在這一點上我不像父親，比父親外露，我常常與村裏的大人們一塊吼唱。這些民間歌手們唱的曲子，有的有故事情節，夾着對話，有的沒有詞，只憑着聲音宣泄幾代人內心的苦悶與悲傷。我的姐妹都能唱，我們一家人就可以演唱各種的秧歌。現在這些童年時唱的民歌謠曲還能記得十個八個曲調。由於我在童年少年時期，形成對鄉土音樂的迷戀，特別是父親的音樂氣質的熏陶，使我這一輩子也無法背離這深入骨髓的鄉土氣。

離開家鄉以後，我跟音樂就沒有童年時的那種全身心的接觸了。作為一個世界，音樂真正的離我很遙遠了。也可以說，我一生並沒有進入這一個世界，只在童年那一段夢一般的時間，曾經感受到了從這個世界飄流出來的一些雲朵和飛鳥似的音韻。我的父親，我認為他是深深地走進去了。但僅僅這一點童年時得到的音樂「素養」，影響了我的一生，

也影響了我的詩的氣質。故鄉古老的音樂和謠曲養育過我稚小的心靈，這是千真萬確的。我即使不去想它，它也不怪怨我，這也就是所有故鄉的性格吧！

月夜和風箏

◖ **導讀**

　　文章開頭，先渲染了父親的深沉：「在我童稚的心裏，父親很深沉，與父親的生命得以融合的月夜和風箏也很深沉。」這等於給我們提出了一個疑問：父親的深沉跟月夜和風箏有甚麼關係呢？

　　帶着這個疑問往下讀，我們首先驚訝地發現，作者的父親是在夜裏放風箏的。他甚至連月亮和星星都不喜歡，因為他說：「天黑透了，天才能安靜下來，風箏在天上才自在。天空只有風箏和燈，只有海琴的歌，一個完美的世界。」

　　我們還會驚訝地發現，作者的父親是放風箏的高手。他振動雙臂就可以把風箏送上高空，送入月光的懷抱；他放起風箏就坐在人羣裏抽煙，讓風箏自己在天上飛翔。先是「風吹着，月光撫摩着『天官』的彩衣，發出瑟瑟的聲音」，加上燈籠以後，又是「天空出現了一顆與眾不同的紅色的星，搖搖晃晃的星，會歌唱的星」。都是極其美妙的畫面。

　　只要完成了這些動作，「父親就不停地抽煙，很少跟誰說話，他彷彿很深地進入另外一個世界」。這樣我們才明白，父親的深沉跟風箏的關係：他「希望風箏帶着燈籠的光亮和海琴的歌，也帶着他的心靈，升向高高的空曠的夜空」。作者的父親放飛的，不僅

是風箏，還有自己的希望和心靈。在現實生活中，他不免苦悶，於是高高飄揚的風箏便是一種補償。

　　難怪有了風箏的月夜會「變得温暖起來」，因為這裏有作者父親深沉的期盼。作者從放風箏這件事深入了父親的精神世界，文章因此而顯得韻味綿長。

在我童稚的心裏，父親很深沉，與父親的生命得以融合的月夜和風箏也很深沉。深沉，意味着識不透底蘊。對於月夜和風箏，父親有許多自己的哲學和具有哲理的玄想。他當年不到三十歲，經歷了五四運動和大革命，人顯得有點蒼老。我正在童年，對父親困惑不解。經過五六十年心靈的反芻，現在才漸漸地有些理解了：父親當時精神上很困厄，活得不舒展。

父親從來不在白天放風箏。祖母説他的風箏是屬蝙蝠的。父親説：「白天不需要風箏，白白亮亮的天空，要風箏幹甚麼？」父親總是當天地黑透了之後才去放風箏。奇怪的是，白天沒有風，黃昏以後，常常不知不覺地來了微風，似乎不是從別處颳來的，風就藏在我們村子裏一個角落，它覺得應該醒了，站直身子，輕飄飄地跑起來。有時候，白天風颳得很狂，一到黃昏便安生些，彷彿事先與父親和風箏有過默契。

放風箏在春二月，天日漸長起來。天暗下來時，不用父親喚我，我會跟在他後面，幫着把風箏從我家的東屋弄出來。丈把高的人形的「天官」風箏由父親自己扛，我用雙臂抱着放風箏的麻繩，纏得很緊，足有西瓜那麼大那麼沉。父親悠然地看看天，説：「又是個月明的天！」只有我知道，他並不是讚美月夜，他希望的是沒有月亮和星星的黑夜，「沒有月亮多好。」父親慨歎一聲。實際上黑透了的夜極少。我對父親説：「有月亮放風箏才好。」我想，天黑會悶人，有月亮能看見升天的風箏，看見紅燈籠與星星在一塊閃爍，還能望見海琴震顫的翅羽。父親不答理我。到得街上，

名家散文必讀系列·牛漢

他說：「沒有月亮和星星，天是囫圇的，完完整整的。」「為甚麼？」我問。父親回答：「天黑透了，天才能安靜下來，風箏在天上才自在。天空只有風箏和燈，只有海琴的歌，一個完美的世界。」父親像是在吟詩。我當時還是喜歡在月明的夜放風箏，我喜歡望着朦朧的天，它越看越深，越看越高，風箏飄帶上的月光跳來跳去，還能看見變化莫測的飛雲。紅燈搖搖晃晃，比所有的星星快活得多。如果天全是黑的，我們甚麼也看不見，天也看不見我們。父親搖搖頭不作解釋，他清楚他那套玄想無法讓我理解，而我也有我自己童稚的玄想。

父親年輕時喜歡寫詩、吹簫。他有時自言自語，以為我聽不懂，聽到我的某一句問話以後，他驚愕地回過頭來望一望我，似乎我不應該聽懂他的話。

總有一羣小孩跟在我們後面吵吵嚷嚷，如果我和父親不放風箏，這些孩子都不會到街上來，家裏老人不放心他們在月亮地裏跑動。我和父親照例在一個小的廣場上停下來。這裏實際上是村裏的一個十字路口，沒有車馬，就成為一處注滿月光的開闊的地方。靠北邊，有個高坡，父親站在上頭就能把風箏放到天上去，不需要助跑，他讓我把風箏直立在丈把遠的地方，在背後扶着風箏。父親高高揚起雙臂，猛地向上一拽，風箏抖動一下，被驚嚇得跳起來。父親手中的繩子一抖一拽地就把風箏逗到了空中。風箏顯得很高興，它和父親配合得很好。一會兒風箏就升高了。風吹着，月光撫摩着「天官」的彩衣，發出瑟瑟的聲音。

一到春天，村裏的棗樹上，總有風箏掛在樹上，都是

孩子們的瓦片風箏，父親的風箏從來沒有掛在樹上過。我們村家家院子裏，多半有幾棵棗樹，棗樹是長不高的，風箏很容易就能越過。等到風箏放得很高以後，父親橫着身子一步一步地移到五道廟前。五道廟有結實的柵欄，父親把繩子放盡，手裏只剩下一根光滑的木棒，他把木棒橫別在柵欄上。

五道廟前是個熱鬧的人場，這時父親掏出煙鍋，抽着後，就坐進人羣裏去，似乎風箏跟他無關了。這時我感到風箏只歸我所有了。我擔心天上風大，風箏會倒栽下來。我不時用手摸摸繩子，如果繩子繃得太緊，發出嘎吱的聲響，我就對父親說，「繩子怕要斷。」「沒事。」父親對我說，「你快回去把燈籠和海琴拿來。」

這時才是我最高興的時刻。我跑得飛快，幸虧有月亮，看得清路，身後跟着一串孩子，彷彿我是風箏，身後的一長串孩子是風箏的飄帶。「成漢哥，今天的海琴讓我拿！」「成漢哥，燈籠由我拿！」

父親的海琴和燈籠擱在東房的供桌上，蠟，我得向祖母要，蠟不能隨便放，擱在供桌上，一會兒就會被老鼠吃光。我和孩子們又是一陣小跑，我當然地跑在前頭，同伴們有的拿蠟，有的提燈籠。海琴由我拿，我從不讓別人碰的。

父親站起來，用手摸摸風箏的繩子，如果繩子繃得不夠緊，海琴常常放不上去。父親放海琴和燈籠不讓別人插手，他先把海琴連到繩子上，再把燈籠掛在海琴下邊。他總是當風箏穩定到最佳狀態時，才小心地把燈籠點亮。我和孩子們鴉雀無聲，等待着海琴和燈籠開始升起的一剎那，父親異常專心，眼睛也明亮起來，不住地看天、看燈籠和海琴，只聽

孩子們一聲喊：「海琴動了，動了！」海琴在一片歡呼聲中沿
着琴弦似的繩索嗡嗡地歌唱着升了上去，越升越快。我把耳
朵貼着繩子諦聽，真能聽到遠方大海的聲音，嘿，大海的聲
音原來像一羣蜜蜂在飛。父親目不轉睛地看着海琴和燈籠升
到風箏那裏。

　　天空出現了一顆與眾不同的紅色的星，搖搖晃晃的星，
會歌唱的星。燈，在天空，也不過亮半個鐘頭。燈滅了以
後，放風箏的高潮便結束。孩子們紛紛回家。我仍忠實地守
望着天上的風箏。失去燈，風箏看去更明顯些，它搖曳着，
隱約能聽到飄帶噗瑟瑟的聲音。燈籠和海琴也像我一樣陪伴
着風箏，還有天上的月亮和星星。直等到半夜，父親和廣場
上的人都立起身來，父親才和幾個大人把風箏收了下來。如
果大人們的「自樂班」還忘我地吹奏響器，何時收場就難說
了。風箏在天上多半很安生，只有幾次，忽然起風，父親提
早收下風箏來。風箏靠牆立着，我守着它，還守着燈籠和海
琴。大人們仍吹吹打打，不願散場。

　　父親年年都要放風箏。每年都認真地把風箏修補一番，
重新染一次顏色。村裏放風箏的人有好多家，都沒有我父親
放風箏那樣虔誠和認真。我們村和附近幾個村流行一個諺
語：「史桂林的風箏頭一份兒。」賣豆腐的老漢誇自己的豆
腐說：「我的豆腐是史桂林的風箏。」父親的風箏掛上燈籠
之後，三五里內的幾個村莊都看得見。

　　這放風箏的一套技能父親是怎麼學來的？可能是我們家
鄉自古傳下來的，也可能是他從北京城學來的。但是，我在
北京待了這麼多年，為甚麼沒有見過有人夜裏放風箏，更沒

見過掛海琴和燈籠的風箏？真感到奇怪和遺憾。

父親為甚麼總在月明的夜放風箏，而且特別喜歡在黑夜掛燈籠和海琴，我此刻真有點理解了。如果我現在放風箏，我也一定在黑夜放，而且一定掛上燈籠和海琴。

當風箏放穩了之後，父親就不停地抽煙，很少跟誰說話，他彷彿很深地進入另外一個世界。他放風箏跟他吹簫的神情很相近。他有自己放風箏的哲學，希望風箏帶着燈籠的光亮和海琴的歌，也帶着他的心靈，升向高高的空曠的夜空。

後來，到了四十年代，我知道，父親在家鄉那些年寫過不少的詩，有舊詩，也有新詩，從來沒有發表過，他似乎沒有想到過要發表。

還有，父親一生嗜酒。他放風箏之前，喜歡先喝點我祖母釀的黃酒。我們家鄉的春二月，大地還沒有完全解凍，夜間是很冷的，有月光的夜更加清冷清冷。

似乎一旦風箏連同海琴和燈籠升到天上，月夜就變得溫暖起來。至少我父親的感覺是這樣。

海琴

導讀

生活中很少有人見到過「海琴」這種東西。看到題目，讀者都不免猜想：海琴是甚麼琴呢？

可是作者沒有一上來就解釋海琴是甚麼東西，他製造了一派懸疑故事的氣氛：月黑、風高、兀立的棗樹、掠過的烏鴉、張望和諦聽的人影……這就給海琴的出場做好了鋪墊。

接下來三段，文章分別講了海琴的用途、構造和原理，還是沒有解釋「為甚麼叫琴？為甚麼不叫蝴蝶琴，而叫海琴？」。讀者被作者帶進了文章所展示的神奇場景中，跟作者一起困惑着。

謎底終於揭開了，原來海琴是根據它發出的聲音命名的。文章對聲音的描寫很生動：「彷彿是一羣炸窠的蜜蜂，嗡嗡地護着蜂王，在天空旋飛。又彷彿覺得不是一根繩索在彈奏，而是彈着無數根弦子。」燈籠的紅光與琴聲相伴，一顆星在黑夜的天空中搖曳，坐在房子裏的人都能隱隱聽到海琴的演奏。經過一番懸疑、鋪墊、展示，謎底揭開，至此，文章達到高潮。

紅光熄滅，只剩下海琴「寂寞的歎息」。這裏使用了擬人的修辭法，文章於是也進入尾聲。作者又補敍了海琴聲音清亮的原因，以及他對海琴的深切懷念。

末尾只有一句話：「真希望海琴不要失傳。」簡潔，凝練，飽蘸深情。

春二月，剛吃過晚飯，天就暗黑暗黑的了，星星出的還不全。風不大，可冷冷的很有氣勢。祖母手扶羊圈門口那棵老棗樹，兀立着，面朝南邊的天，她不住地在張望和諦聽。烏鴉從頭頂掠過去，只聽哇的一聲，卻看不見飛的影子。但我心裏知道，祖母正在張望着甚麼，諦聽着甚麼，因為我也正朝那個方向痴痴地望着聽着。

每年一到這個季節，這個時刻，我父親在五道廟前，要把海琴和點亮的燈籠，一塊向已經穩在高空的風箏送上去。點亮的燈籠，紅光閃爍，如果與風箏一塊升空，肯定當下就着了起來，不但燈籠燒光，怕還得禍及風箏。因而只能等風箏升在空中，穩定了之後，才有可能送上去。可是怎樣把點着的燈籠送到高高的風箏那裏去呢？這就得靠海琴。

海琴，形狀似展開雙翅的蝴蝶，是用紙和竹製作成的，上面描繪着彩色的圖案。為甚麼叫琴？為甚麼不叫蝴蝶琴，而叫海琴？最初我都不明白。問過父親，他回答説：「你只要看過聽過海琴升到風箏那裏一回，你就全明白了。」

海琴的上端，在兩翼之間，有一個鐵絲做的環套，可以連在風箏的繩索上，海琴的下端掛着燈籠。一旦燈籠裏的蠟燭點着了，熱氣上升，從燈籠頂部的空洞衝冒出去，直衝着海琴的兩翼，產生出浮力，海琴帶着紅燈籠，便沿着繩索，歌唱着向上升去。

父親對我説：「把耳朵貼着繩子。」

我把耳朵趕緊貼向繃得像弓弦的繩子，果然便聽見海琴撫着繩索，奏出了非常奇妙的大海的音樂，不同於板胡，不同於笙。彷彿是一羣炸窠的蜜蜂，嗡嗡地護着蜂王，在天空

旋飛。又彷彿覺得不是一根繩索在彈奏，而是彈着無數根弦子。可能上邊風緊的緣故，聲音越聽越響。等到海琴和燈籠升到風箏那裏就停下來，變成一顆紅的星懸在空中，漆黑的夜空上，只有這一顆星微微地在搖動。琴聲並未消失，還在不停地演奏着，只是沒有上升時那麼洪亮罷了。

其實，耳朵不貼着繩索，也能聽到海琴演奏的音樂，全村的人坐在房子裏都能隱隱地聽到，就像濱海的人都可以聽見海韻。

「看，送海琴和燈籠了！」孩子們在小巷裏嚷嚷着。

祖母望着天空搖動着的紅燈籠說：「今天的燈動蕩得厲害，恐怕風箏不好收下來。」她擔心兒子的胳膊又要疼幾天。

假如風大，收風箏時需要幾個男人的力氣，才能把風箏拽下來。

燈籠裏的蠟燭一旦燒盡，紅亮的星星就殞滅了，只聽到海琴的寂寞的歡息。

父親紮的風箏是附近幾個村莊最大的，是人形的「天官」風箏，足有丈把高。用的繩子是麻的，浸過蜂蠟，這是為了讓海琴能快捷地上升，並且演奏出的聲音清亮一些。

童年時，我沒有見過海，但我從海琴聲中聽到了大海美妙的旋律。後來，我見到大海，大海的濤聲當然比海琴的聲音要雄渾得多，但是它並不能代替我童年的海琴，即使是交響樂，也淹沒不了海琴聲音：

嗡嗡，嗡嗡……錚錚，錚錚……

令人遺憾的是，離開故鄉之後，再沒有看到有人在夜裏放風箏，並且把海琴和紅燈籠從地上升到天空。

　　真希望海琴不要失傳。

塑造夢的泥土

這篇文章由兩個部分構成：模子的故事和泥土的故事。說到底，模子的故事也和泥土有關。

我們先是讀到了一個為脫模子而忙活的少年的形象。作者寫他怎樣往青石上摔擲黃泥，怎樣期待黃泥「醒」過來；寫他怎樣跑到各處去脫模子，不辭辛苦；寫他的模子作品怎樣逼真，怎樣得到小夥伴的歡迎；寫模子上的指紋留給祖母的思念……模子反映了作者年輕時候的夢。他用泥土創造着各種夢。

是泥土孕育了作者的夢。他寫完模子的故事緊接着說：「我自小就覺得泥土不髒，相信泥土是很神聖的。」這就轉入了泥土的故事，他認為家鄉的一塊黃土脈「是可以塑造夢的泥土」。模子的創作正是一種「塑造」，因而模子的故事轉入泥土的故事就顯得比較自然。

文章詳細講述了土脈被戲劇性地發現的過程，這塊土脈的神聖和「靈氣」就突出出來了。作者始終有意無意地把它寫成有生命的。它的顏色是深紅的，「好像充滿血脈的皮膚」；用舌頭舐一下，「有溫熱的感覺」；拿鎬頭挖，還成片地落下，「快活地綻成一片片花瓣」。泥土對人來說就不是冷冰冰的東西，而是親密的夥伴，乃至仁慈的母親。

從模子的故事進入泥土的故事，文章的感情已經開始升騰。最後作者用兩段簡潔的文字直抒胸臆，再次點題。

幾年前，年過六旬的妹妹從老家來看我，回憶久遠的往事時，她說，五十年前，我離家逃難後，我家東屋內的牆角，有我留下的許許多多捏弄的泥東西，還有一大堆從野地裏挖回來的黃土。祖母蓋上一領席子，怕積灰塵和麻雀糞。我在家的時候，這牆角是一塊禁地，妹妹和兩個年齡更小的弟弟，都不敢闖入。

那些泥東西是我用了兩三年工夫捏弄出的成果。其中有一部分是脫的各種模子：有十二生肖、有樹木、有古代的文臣武將。這些模子是我在寺廟裏脫的。我們縣城隍廟的神鬼，大革命那陣子讓唸書人（其中有我的父親）用套車的韁繩全部扳倒了，只廟門口的石欄杆上還殘留着很精美的雕刻。我幾乎把它們都脫成為模子。晾乾的模子敲起來噹噹作響，如鐘聲。

脫模子可是件大事，我幾天前就得把泥和好，我把麵團似的黃泥用手不停地向一塊方形青石（我祖母捶衣服用的）上面重重地摔擲，直到黃泥好像出了油汗，在陽光下金光閃閃的，才算和好。然後用濕的破布蓋起來，讓它「醒」幾天。泥土真的醒了過來，它容光煥發。

記得有一年，陰曆七月十五到神山去趕廟會。神山又叫遺山，詩人元好問晚年的別業所在地。元好問讀書樓的門窗上全是雕刻。還有雕刻在青石上的。這一帶的石匠遠近聞名，五台山上最有名的石牌樓就是神山附近青石村的石匠雕的。我不去看戲，只顧脫模子，脫好的模子，裝在籃子裏，用濕手巾蓋嚴。遊客以為我是賣吃食的小販，「賣甚？」我掀開濕布讓他們看看，有人曉得是甚麼，有人沒見過，好奇

地問半天。除去用黃泥脫模子外，神山廟會的摔跤場地也使我着迷。我想學點訣竅，長大當個受人敬仰的摔跤手。那天有忻州著名的摔跤手外號「毛猴」的出場，人又瘦又小，卻會向對方借力，摔倒了幾個門神似的大漢，我挎着沉甸甸的籃子，擠在人堆裏，在牧馬河邊的場地上看摔跤，一直看到第二天黎明。手臂上挎的籃子把手壓得發木也未放下來一次。

為了脫模子，最遠的一次，我到過河邊村（離我家四十里）。閻錫山葬他父親的那幾天，比趕廟會還熱鬧。聽說這個老太爺死的前幾年，把附近最好的石工找來修墓地，石碑、石牌坊、石桌，雕刻得比五台山上的廟還精巧，我偷偷地脫了一些模子回來。

我脫的模子有成百個之多，擺在成年不見陽光的東屋裏（囤糧食、祭祖先的清靜地方），晾了滿地，有了模子，我就用「醒」過來的泥，用模子一個個地脫出來。我們那裏把兒女長相酷似父母，叫做「活脫沒有二樣」，我脫的泥東西也像「活脫」的一樣。我買了顏料，有的塗成彩色的，有的我覺得不上色料倒更美氣些。我自己也學着捏，捏一些簡樸的東西，如雞兔之類。我的這些泥塑，在村裏孩子們中引起很大興趣。比廟會上賣的那些泥玩藝兒不差池一點。他們向我要，有時就送給他們，有時我要「報酬」，他們用香瓜、桃和甜杏核換。

我離家以後，祖母不讓弟妹們動它們，說，「那是你哥哥的命，他回家看少了幾個，饒不過你們。」

祖母一九四二年去世之前，這些泥東西一直堆在那裏，

祖母思念我時，就掀開席子看看，說，「泥胎上有成漢的手印。」是哪個手指頭的指紋，她都認得出來。

我自小就覺得泥土不髒，相信泥土是很神聖的。小時候，我們孩子問大人，「我是怎麼有的？」回答總是說：「河灘上撿來的。」再問：「河灘怎麼會生出我呢？」大人們笑笑說：「是用泥捏的。」我堅信不疑，泥土具有生育能力，它不但能生出人，還能生出五穀雜糧，生出各種花木。沒有土，神鬼也無法生存。

我們家鄉是黃土地帶，黃土有黏性大的，也有黏性小的，有的金黃透亮，顯得有生氣，有的灰暗，無精打采。東古城有一塊土脈很特別，顏色金黃之中透出微紅，如孩子的臉腮，用手摸摸那土似有知覺一般，微微地顫動着。我偶然發現了這塊土脈，像發現一個夢境。假如夢境也有泥土，那土一定如此美好。幾十年之後，我一見到梵高畫的泥土，立即想到了這堆家鄉的土脈，它是可以塑造夢的泥土。

有一年，我不過五六歲，父親帶着我去東古城逮紅脯鳥，東古城早已沒有了城牆，但地勢隆起，像是拱起的人的脊背。這裏長滿了濃密的矮樹叢，以酸棗、枸杞為最多。我們是春天去的，酸棗枸杞的枝枝蔓蔓上，還殘留着一粒粒血紅的果實。父親把幾副逮鳥的夾子安好以後，對我說：「躲遠點，不能出聲。」父親到一個向陽背風的地方去抽煙，他緊閉雙目，諦聽着周圍的動靜。我獨自採摘酸棗，手指尖被棗刺扎得血淋淋的。

我發現了一塊上上好的黃土脈。有一個很深的洞，不像人住過的，多半是掏獾子挖的。我貓腰鑽了進去，發現土脈

閃閃發光，顏色深紅，好像充滿血脈的皮膚。我發瘋似的，用手去挖，哪裏挖得動，我用舌頭舔舔，有溫熱的感覺，斷定不是石頭。我對父親說，「這塊黃土真好，真特別。」我父親對我說：「據說當年修文廟時，塑孔夫子像的泥就是從東古城挖的。」我當時相信一定是從這洞裏挖的。我想，能塑孔夫子像的土，一定有些「靈氣」。方圓幾十里全是黃土，為甚麼只選中了這裏的？

第二天，我一個人帶上鎬頭和籃子來挖。這個祕密，我從來不告訴任何人。我虔誠地跪在洞裏，使出渾身的勁兒才能用鎬頭挖下一點，挖下的土不是散的，酥的，是成片成片的，像花瓣兒似的會捲了起來。我裝了滿滿一籃子，彷彿採了一籃子鮮活的泥土的花朵。真的，不但像花，聞一聞還有些沁人心脾的奶汁的氣味。以後，我隔幾天悄悄來挖一次。這種土，質地為甚麼這樣的奇特？大概含有一些特殊的成分，否則為甚麼能透出光彩，還有着天然的可塑性？人還沒有去用它去雕塑甚麼，它自己已快活地綻成一片片花瓣。

我當年在家鄉做夢似的捏弄出那麼多的泥東西，得到同伴們的喜愛，絕不是由於我的心靈手巧，而是因為那方土脈本身有靈氣，那片古老的純淨的黃土地渴望着把自身塑成最美的生命。

泥土有做不完的夢，我的童年和少年也有做不完的夢。泥土並不啞默，對於它不存在寂寞和孤獨，它只有獻身的靜穆和渴望的天性。

泥土是我的另一個母親，我從泥土學到心靈的語言，它的詞語是奇特的，充滿了激情和幻夢。

餵養小雀兒

導讀

　　這篇文章的記敍手法很特別。故事開始的時候作者已經捉住小雀兒，然後才補敍掏小雀兒的訣竅，接下來再回到餵養小雀兒的故事。這是一條主線。在這條主線之外，文章還安排了一條輔線，那就是父親逮紅脯鳥的故事。使用倒敍方式的高明之處是，這樣處理能比較好地同時照顧兩條線索。

　　兩條線索形成了很好的對照。父親和兒子，紅脯鳥和小雀兒，鳥籠子和點心匣，聽叫聲和看成長，各具情態，但都反映了人和動物之間和諧的關係。人不是為了傷害動物才去捕捉牠們，而是尊重牠們、欣賞牠們、享受牠們。

　　更好玩的是，作者還做着「小雀兒的夢」：「白天我注視着關切着小雀兒的神奇的翅膀在變幻，夜裏我就夢見自己在飛翔。」當我們看到文中小雀兒抖動初生的羽毛，第一次撲搧翅膀的描寫，都會喜歡上這種小動物吧。要想到，作者把自己想像成小雀兒，那麼，小雀兒的成長也是少年作者成長的寫照。餵養小雀兒，實際上「是一種合乎自然規律的心靈的追求」。

　　人和自然，親密無間地融合在了一起。能注視着，並且感覺到自己的成長，好神奇啊。能放飛自己的夢想，好幸福啊。

小雀兒，不是名貴而矯情的在籠中養的那類小鳥兒。我的家鄉把麻雀叫做「小雀兒」，大概是因為牠體形小，或者是身價微不足道，才這麼叫的。

　　我家東房有兩個鳥籠，製作很精緻。從我記事時起，它就被廢棄不用，擱置在牆角。我父親過去可能養過鳥，也許我祖父養過。我見過祖父的照片，長袍馬褂，眼睛很美，是縣裏的一名廩生①，他會是一個玩鳥的人。

　　父親帶我到東古城逮過幾回紅脯鳥，說是要給我逮一隻養在祖傳的鳥籠裏，但是從沒有逮着過。我們只入迷地聽着好多會唱的鳥在灌木叢中飛來飛去。父親把捕鳥的夾子安好以後，坐到一邊抽煙沉思，鳥兒逮着逮不着，他並不在意，他似乎不是帶我來逮鳥，而是來聽鳥唱的。

　　我問父親，「為甚麼總逮不着一隻呢？」父親不回答我。我明白他為甚麼不回答我。他一定認為這不成為一個問題，至少不必認真對待。我感到跟父親一塊逮鳥受拘束，不能任着性子跑動，我對他說，「回家吧。」已經聽鳥叫聽了多半晌，儘管鳥唱得有趣，但是我惦記着家裏養的那兩隻小雀兒，該到餵的時候了。

　　我逮了幾十隻肉多的螞蚱，用草莖把牠們串起來。小蟲沒有死，還在掙扎，嘴裏吐着泡沫。我急着想回家，我要餵小雀兒活食。父親對我說，「逮鳥並不一定真的要逮着

---

① 　廩生，廩膳生員的簡稱。明清兩代科舉制度中成績名列一等的秀才，每月由府、州、縣發放一定的生活補助，稱為廩膳生員。

鳥。能逮着當然好，逮不着，坐在這裏聽聽鳥唱也是一種享受。」是的，那些飛鳥唱得真自由自在，牠們彷彿一會兒在說着有趣的話，一會兒在盡情地嬉笑，一會兒又相對唱戀歌，跟我們村裏人場上的情景差不多。回家的路上，兩個捕鳥夾子一前一後搭在父親的肩上，他似乎比逮着鳥還要舒心。他真有點像住在荒廢的磨坊裏的法國作家都德[②]的怪脾氣。

我們家那兩隻鳥籠總在空着。城裏有不少賣鳥的，八哥、百靈都有，父親就是不買。

五六月間，麥子發黃，正是小雀兒從窠裏出飛的時候。我在村裏的小巷常常轉悠。我曉得哪一個房簷下有小雀兒的窠，從小雀兒在窠裏發出的聲音，我能斷定到不到掏的時候。

剛生的小雀兒是粉紅的小肉球，吱吱地細聲細氣地叫。這時千萬不可掏，養不活。我養過這種肉蛋蛋，成天張着嫩黃的大嘴要吃，不住地餵牠去掉頭去掉腿的小蟲，讓牠吃最軟的食，可不到兩天，肚子撐得圓鼓鼓地脹死了。小雀兒死時，牠痛苦，我也痛苦；牠眼睛慢慢地閉起來，沒毛的肉翅和腿腳抖動個不停。小雀兒死了以後，身子還是熱呼呼的，這使我最為傷心。我從此就不掏剛出生的小雀兒了。

要是聽到窠裏的叫聲變粗，而且不知疲倦地在啾唧，就

---

② 都德（1840—1897），法國著名現實主義作家，代表作有《最後一課》等。成名後的都德在故鄉普羅旺斯鄉間購買了一座舊磨坊，隱居在山上，寫作了著名的短篇小説集《磨坊文札》。

是小雀兒長大了。但仍很難斷定該不該掏。如果掏出來的小雀兒已經長出會撲搧的小翅膀，嫩黃的嘴尖變成褐色，就是把牠抓到手，也無法管束牠，養不出感情來了。牠要麼吃得很多，要麼乾脆氣得不吃。這種鳥只能用繩子拴起來。牠瘋狂地反抗，叫得刺耳，養牠幹甚麼？但是你真的把牠放生到院子裏去，説，「你飛吧！」牠拼命地向上躥，但終究因翅膀還沒完全長硬長全，只能貼地皮飛，一會兒撞到牆上，一會兒栽到地上。常常有幾隻老的雀兒，從房簷或樹上嗖地落到掙扎的小雀兒的身邊，去搭救牠。這老的雀兒多半就是牠的生身父母。我祖母一看這情景，就罵我：「造孽，下輩子也讓你變個小雀兒。」有幾次，我把掏出的這種小雀兒又送回到窠裏。

一般説，我能從小雀兒的叫聲的粗細和聲調，斷定正是好餵養的時候：牠的肉翅上剛剛生出一點兒羽毛芽子，已能夠站着走動，從眼神看出牠似乎懂得了一點甚麼。這種小雀兒可以餵養得很戀人。但即使牠長到成年，我也不會把牠養在籠子裏。我不用籠子養鳥，養在籠子裏，為的是聽鳥唱。我不是為了聽才養鳥。

十多年前，我寫過一首詩，題目是《飛翔的夢》，説的是我童年時常常夢到自己凌空飛翔。祖母對我説，「夢見自己飛，是長筋骨的好兆頭。」回想起來，我常做飛翔夢的那幾年，正是我入迷地餵養小雀兒的時候。

我餵養小雀兒決不是為了把牠養大，讓牠唱好聽的歌給自己解悶。麻雀唧唧喳喳的叫聲有甚麼好聽的呢？事實上我從來沒有把一隻小雀兒養到牠會唧唧喳喳叫的時候。

　　我把小雀兒養在點心匣子裏，匣蓋上鑽幾個窟窿，匣子裏鋪上些舊棉花，有時候乾脆在掏小雀兒時連窠端來。我天天觀看小雀兒全身上下發生的細微變化。從肉裏長羽毛的時候，那小雀兒一定渾身發癢，牠總在不停地抖動着，在盒子上磨蹭着從肉裏扎出來的一根根很醒目的羽毛。我想小雀兒一定也在做飛翔的夢。我和小雀兒的生命形態實際上處於同一個階段。餵養小雀兒正是餵養一個飛翔的夢。用手撫摸小雀兒柔軟的初生的羽毛，會感到生命的喜悅和快感。小雀兒第一次撲搧着翅膀的神態十分的動人。也就在此時，牠的叫聲變得寬闊起來，歡快起來。我想，牠一定想唱甚麼。

　　餵養小雀兒，我全神貫注，處處為牠着想。開始餵養時，不餵糧食顆粒，我到野地裏逮昆蟲，還到房簷下捅下馬蜂窠，掏出白生生的蜂兒子（蛹）。當小雀兒張開大嘴，翅膀抖動着，我的嘴裏嘰嘰有聲地逗着牠時，這一切彷彿都是生命天然的契合。餵養小雀兒能給生命以樂趣，能激發我生出許多的幻夢。小雀兒的翅膀一天一天變硬時，這種喜悅是最純淨無私的。我和小雀兒相依為命。白天我注視着關切着小雀兒的神奇的翅膀在變幻，夜裏我就夢見自己在飛翔。

　　我的夢也是小雀兒的夢。小雀兒或許不會做夢，我替牠做夢。

　　童年的夢裏夢到自己生長翅膀飛翔的那幾年，痴迷地餵養着小雀兒，是一種合乎自然規律的心靈的追求。我現在才有點明白其中的奧祕。寫詩的痴迷，很像童年餵養小雀兒的痴迷，有些詩，就是從心靈裏飛出去的小雀兒。

掏甜根苗

導讀

注意這裏的動詞。掏小雀兒是「掏」，掏甜根苗也是「掏」。第三段裏有點題的句子：「掏甜根苗是虔誠地求索和發現的過程，切切實實地感到是在『套』一個難以獵取的神祕的活物。」

作者掏取壁立土坡上甜根苗的過程證明了這一點。第一，它長在很陡很高的土坡上，疊羅漢都夠不到，需要動用梯子。第二，它很好看，「姿態出奇」。第三，它有靈性，得悄悄挖，否則就會跑掉。第四，它很深，刨了很深都見不到它的頭顱。最後，它的頭和身子一樣粗。總之，是很神奇的一棵甜根苗。

有了這些神奇，它的味道才足：「它的表皮是黃褐的，用指甲去掐，像碰到石頭，但它不是石頭，用舌頭舔舔，味兒真濃。」這不僅是因為這棵甜根苗生長年月多，更是因為經過一番艱辛的勞作，那來之不易的成果享受起來也會特別甜蜜。不過，正像文章開頭說的，這時的甜蜜不是「只有甜，咀嚼不出別的甚麼滋味」，而是混合了索取過程的苦味。掏甜根苗的故事證實了作者開篇的議論。

結論也是在此基礎上的發揮：「一根甜根苗要使出全身的力氣和智慧才能把它從神祕的深處掏出來。」付出這麼大代價得到的東西，怎麼能不是甜的呢？

我自小喜歡那種自自然然的甜，帶着自身本來氣味的甜；不願吃死甜死甜的東西，只有甜，咀嚼不出別的甚麼滋味。祖母蒸新鮮玉米時，從鍋蓋裏蒸發出的味，用一個「甜」字不足以說明它的特點。我常常獨自坐在遠遠的角落聞，盡情地呼吸着它。所以我不大買甜膩膩的麥芽糖吃。以甜為特點的食品，只想吃「甜根苗」，就是大家熟悉的甘草，不過，不是指枯乾了的，或者切成片在中藥房能買到的那種。我說的是剛從地裏掏出來的濕潤的充滿原有汁液和氣息的甜根苗。

學着大人們那種吃法，含在嘴角吮吸着。大人們乾裂的嘴脣含着一節金黃的甜根苗，不用牙齒咀嚼，只嚦溜嚦溜地吮吸，從嘴角掛下黃色的涎水，我望着特別的饞。後來知道甜根苗是地裏野長的，不用錢買，帶個小鋤頭就能掏到。現在我已不記得是誰領我第一次去掏甜根苗了。從我兩三歲到離開家，這十年光景，每年深秋，我都要起早搭黑地掏一陣子甜根苗。這不僅是因為想嚐到一點甜，掏甜根苗是一種探索性的活動，它給我以極大的樂趣。掏甜根苗越掏越有癮，自己掏，自己吃，是真正的享受，不僅是物質的，也是精神的。

家鄉把掏甜根苗的「掏」字唸成去聲，跟套馬套車的「套」是一個音。掏甜根苗是虔誠地求索和發現的過程，切切實實地感到是在「套」一個難以獵取的神祕的活物。甜根苗深深地藏匿在土層的深處，比套馬套車還要難得多，你看不見它，它彷彿老躲着你，不讓你發現。據說在東北深山老林裏挖人參也有這種令人心神迷亂的感覺。

我多半跟喬元貞做伴去掏甜根苗。元貞是我最忠實的夥伴，他土地般沉默着，多半天不說一句話。但他的左耳垂上掛着一隻小銅鈴鐺，總在搖響着。喬海大娘沒有閨女，只有他這一個兒子，說是如果夜裏妖魔來偷元貞，鈴鐺一響，趕緊去攔阻，萬一被誘惑走了，只要聽見鈴鐺聲，總可以把元貞找回來。我父親對我說，耳垂上掛鈴鐺，不能簡單地說是迷信，是人對幼小生命的祝福。鈴鐺是人世間一個好東西，不論掛在哪裏都能發出悅耳的聲音。我喜歡跟元貞在一起，默默地掏甜根苗，他的耳垂上的鈴鐺聲可以打破沉重的寂悶。東古城太遠，我倆不敢去，總到西古城去，這塊地方離我家祖墳很近。西古城不像東古城那樣的荒涼，是一道略略隆起的土坡，灌木叢不多。一到秋天，這裏可以摘到野果，酸的苦的多，甜的少。但這裏到處能找到甜根苗，我一眼就能從葳蕤的雜草之中認出它來。我跟元貞各自悄悄地掏，他一向比我掏得多，元貞總是在默默地耐心地掏，而我愛出聲，一會兒罵，一會兒笑的。甜根苗彷彿是我的老相識，我一心想找一根長的粗的，成了精的。因此，我多在陡峭的土壁的縫隙裏找，心想：「我要是甜根苗，我就躲在這裏，讓誰也攀登不上來。」我仰望着一道道風雨侵蝕的縫隙，那裏滋生出來的甜根苗的枝葉特別茂盛，但土坡壁立，很難爬上去。我蹬在元貞的肩頭上，舉起鋤頭，仍然夠不到，元貞說，「算了。」我說，「它躲在高處，專氣我們，一定得挖下來。」折騰了一上午，也沒夠着那根甜根苗。

　　下午，我把家裏的梯子扛來。臨走時，祖母問我，「又掏麻雀？」我說，「不是，去西古城去掏甜根苗。」祖母擔

憂地説，「那裏蛇可多，小心別挖到蛇洞裏去。」聽説曾祖父與曾祖母合葬時，在墓穴裏就有一窠蛇，有幾十條。西古城一帶，常常看見在野草的枝莖上掛着飄飄揚揚引魂幡似的蒼白的蛇蜕，陰森森怪怕人的。終於登着梯子接近了那一棵姿態出奇的甜根苗。還是由我爬上去，元貞説：「悄悄挖，不要出聲，免得把甜根苗驚跑了。」我先用手把小樹叢般的甜根苗揪一揪，如果根扎得淺，揪一下，土就鬆動起來。可這棵甜根苗，我一揪，就知道扎得很深，我把枝葉砍掉，覺得去掉了它的枝枝葉葉，甜根苗就失去了腿腳，更容易擒拿住它。土很硬實，鋤太小，累得我渾身冒汗，刨了很深，還沒找到甜根苗的「頭顱」。甜根苗都有一顆頭顱，有的小，有的大。頭顱越大越好。牛很喜歡吃甜根苗，所以苗總長不高。它年年滋生，年年讓牛啃，它只能氣鼓鼓地憋着往下長，這種被牛年年啃的甜根苗，根總是憋得很粗。正如我在一首叫《巨大的根塊》的詩寫的那樣，這首詩的根，深深扎在我心靈裏，它的意象萌生於家鄉這些甜根苗。這棵甜根苗從來沒有被牛啃過，這是我沒想到的。牛無法啃到它，它自由自在地生長着，也許已活了幾十年了，比我還大。終於挖到了，它的頭顱小得奇怪，我真有點失望。我讓元貞上來看看，元貞説，沒見過這樣的小頭甜根苗。我們決心把它挖出來，看看它究竟成不成器。「成不成器」是我父親的口頭語。在平地上的甜根苗，頭顱往往很大，但根並不很粗。這一根真正特別，頭跟身子一樣粗，幾乎有鍬把粗，我從來沒見過這麼粗的。我們村裏孩子把甜根苗曬乾了，一捆一捆到中藥鋪去賣，大指頭粗的就算上品，越粗越貴。這一根甜根

苗我們當然不賣，當時我甚至想，「它太神了，怎麼忍心吃它呢？」西古城的土是夯築過的，經歷了千百年（聽說是隋朝建的），還是那麼結實。甜根苗怎麼扎進去的，真是難以想像。它哪來的那鑽勁，到現在我仍覺得不可理解。但是它扎了進去，而土城下邊並沒有甚麼泉水，它多半是為了躲藏，只能有這個解釋。我們掏了整整一個下午，才把它掏出來。根掏不到底，太深了，我們掏到的甜根苗已有三尺長，只好把它砍斷。讓留下的那段根去逃命吧。它的表皮是黃褐的，用指甲去掐，像碰到石頭，但它不是石頭，用舌頭舔舔，味兒真濃。

回家後，用刀砍成兩半，我和元貞平分。我這段甜根苗，每天用刀砍下一小段，去掉皮，塞在嘴裏，滿屯屯的，感到滿足。也像大人似的，我一邊走，一邊嗦溜，嗦溜累了，把它吐出來，擱在口袋裏，不知為甚麼，滿嘴更覺甜滋滋的。這種滋味，沒有經過炮製，是大自然的精氣。有一點近似新鮮的玉米汁的味，但又比它濃烈十倍，我這一輩子吃過千百種味，哪種滋味都不能代替它。

掏甜根苗自始至終是一種帶有探險的和神祕的經歷。它不像割羊草挖甜苣菜那麼簡便。一根甜根苗要使出全身的力氣和智慧才能把它從神祕的深處掏出來。現在回憶起來，掏甜根苗的整個過程確是一種心靈的鍛煉和享受。

去 摘 金 針 菜 的 路 上

導讀

　　文字的力量很強大。在《去摘金針菜的路上》，我們能夠感受到前後兩種非常不同的氛圍。一個陰風陣陣，令人驚悚；一個歡聲笑語，令人神往。

　　「總覺得世上處處隱藏着鬼怪和神祕的事物」，哪個小孩子沒有過和年輕的「我」類似的恐懼呢？「一路走，一路唱歌，好壯膽子」，為了克服恐懼，哪個小孩子沒有這樣做過呢？雖然這一部分的整體情境是陰森可怖的，但作者講述了我們相近的感受，相通的經歷使我們讀文章時覺得很親切。

　　隨着眼前開闊窪地的出現，去摘金針菜的那段幽暗的路就被拋在身後了，我們進入了金針菜、野蒜和蘑菇的清新氣息所環抱的大自然之中。我們讀到，金針花像在燃燒，是火焰的結晶；野蒜的氣味，嗆起了樹上的鳥兒；蘑菇拱鬆了沙土，露着灰白的眼睛朝外窺望。大自然到處都是充滿生機和活力的小生物，再也沒有甚麼神祕、沉重的東西了。讀着這些文字，我們之前有些緊張的心情便會放鬆下來。

　　這就是大自然。我們既能遇到可怕的苦水井、狐狸穴，也能享受美妙的金針菜、野蒜和蘑菇。這些東西都是大自然多樣性的體現，缺了任何一種，大自然都會不夠完整。摘一次金針菜就能體驗到大自然的這種多樣性，那自然是一番「美的享受」。

麥收那幾天，祖母起得特別早，她對我說：「乘天涼快，你去摘一籃子金針菜回來。」臨走時，祖母又叮嚀我一句，「帶上小鏟子，捎帶挖點野蒜。」

我又高興又發怵。高興的是，可以到河灘去玩耍半晌，那裏有大片楊樹林，村裏娃娃們大都在那裏放牛。使我發怵的是，去摘金針菜的路上有幾處可怕的地方。祖母不讓我帶小鏟子的話，我自己也會帶的。有了鏟子，膽子壯點。

當時我不過五六歲，膽子很小，總覺得世上處處隱藏着鬼怪和神祕的事物。這多半是因為天天晚上聽大人坐在炕上講述各種神鬼的故事而形成的幻覺和心態。比如說，朝北一出村，首先碰到一眼苦水井，井水苦澀得人不能喝，牲口都嫌。以前不止一個女人在這裏跳過井。一年前一個黃昏，家裏找不着祖母的人影，母親對我說，「你到苦水井那裏去找找。」那時我還不懂甚麼是恐怖，跌跌蹌蹌往那裏跑，狗跟着我一塊跑，遠遠地就聽到祖母低抑的哭聲。我跑到苦水井那裏，祖母好像沒看見我似的，仍然念念有詞，雙目緊閉，抽噎地哭泣着。我靠着祖母坐下來，也禁不住哭了，不知道為了甚麼，只感到一種與黃昏同樣蒼涼的氣氛越來越沉重，只有自己聽着自己哭，才可解脫困境。過了好一陣，天黑下來，祖母停止哭泣，對我說，「咱們回去吧！」後來我才知道，那天是我死了多年的叔父的祭日。但村裏女人為甚麼一定要到苦水井邊去哭，後來我也弄明白了，因為那兒正當十字路口。孩子病得昏迷不醒時，大人們總要到這裏叫魂，手裏端着一盞油燈，還拿着一塊紅布和甚麼別的，多半由媽媽邊走邊喊孩子的名字，據說真能聽見孩子的回應聲。黑沉沉

的夜裏，井邊的燈光晃搖不定，顯得格外神祕。我陪母親叫過弟弟的魂，母親用哭腔呼喚着，聲音拖得很長，生恐靈魂迷失遠方的孩子聽不見，井口附近好像是一處陰陽交界。

使我很害怕這一塊兒地方，還有另一個緣故。從苦水井往東，有一條深深的溝，兩邊是幾丈高的黃土坡，溝裏是一條大車無法回頭的官道，深夜常聽到駱駝隊通過，沉悶的駝鈴聲一到溝裏，突然地響亮了起來，而且回聲縷縷不絕，一到冬天，幾乎天天聽到駝鈴聲。拉駱駝的老漢總愛在溝裏扯着嗓子吼唱。我從來沒有從這溝裏通過一回，我望都不敢望它，它似乎要吮吸人的靈魂，但這是一處必經之地，因此我非常地怵它。

另外往北還有一處，更陰森可怖，那裏聳立着一段黑黝黝的古城牆，有點像南京的台城，不過沒有磚石，全是黃土夯築的，上面長滿了灌木和酸棗叢。人們把這段古城牆叫做「關頭」，大概早年是一個城門或者要塞的關隘。關於這一帶，流傳着很多鬼怪的故事。當時我覺得那些故事都沒有成為過去，故事裏的情景永遠也不會消失。說有些深不可測的洞穴，住着一家一家的狐狸，有的老狐狸修成了精，坐在路邊，兩眼一眨一眨地盯着行人，吱吱地笑。如果你被牠迷住了，就性命難保，把你的魂勾到洞裏。希臘神話裏有一種人首鳥身的女妖，在海邊岩石上唱歌，能使航海的人因惑亂而溺斃，要想不被迷惑，得用蠟塞住耳朵。而我們也有制伏狐狸精的法子，牠吱吱笑時，你就大聲唱，狐狸最怕人唱。說是我們唱時，狐狸看到我們嘴裏吐出的是火焰。這一處也是必經之路，我如何不怵？其實，從村邊去長金針菜的地頭那

裏，不過一里來路，這兩塊怵人的地方，不過半里地而已，當時卻覺得路十分長。噩夢裏才走這種路：看着近，拼命跑卻跑不到盡頭，只有夢醒了路才消失。一經過這裏，我既不敢閉着眼睛，也不敢跑。

麥收這幾天，路上斷不了有人，因此，這一回，我一路上無憂無慮。從村邊到關頭全是坡地，一色綠茵茵的穀子地，眼界很寬。能聽到官道上趕車人的吆喝聲。說起來也怪，每次去摘金針菜的路上，很少碰見人。我只好一路走，一路唱歌，好壯膽子。唱甚麼呢？唱我從姐姐和村裏女人們那裏學會的秧歌。我最喜歡唱的是「水刮西包頭」。刮是沖的意思。唱這支歌，嗓音須拉得很長，提得很高，幾乎成為吼叫，必須把胸腔的氣唱得一絲不留，只覺得把胸腔唱空了，連心肝肺都唱飛了，唱得才叫痛快呀！孩子唱得好壞就看誰一口氣唱得最長。現在我還記得清楚頭幾句：「當天⋯⋯一格朵朵雲⋯⋯，哦⋯⋯哦⋯⋯，水刮那西包頭⋯⋯」這歌，唱時為甚麼最凄慘不過？因為村裏世世代代走包頭的人很多，有不少死在那裏。村裏有好多窮人娶不起老婆，便到包頭帶一個老婆回家，據說是白給。我們村裏有幾個這麼來的包頭女人，眼下我家下頭院就住着一個包頭女人，是侯四的媳婦，人瘦小得可憐。所以不論誰一唱這歌，便可以牽動多少家人的心。我自小喜歡吼唱這支歌。我聽見過幾個中年婦女唱，其中有我的奶伯伯（父親奶媽的兒子）喬寶的老婆，我叫她寶大娘。喬寶多年走包頭，三五年不回家一趟。她們唱的當然不合甚麼唱法，她們唱的是自己的命運，唱的是她們共同的痛苦，她們真正在盡情地哭號，唱過

之後，她們心裏才能平靜幾天。我唱這首歌時，也莫名其妙地會哭喊起來。聽人說，我唱的腔調很像寶大娘的哭聲，說唱得既悲傷，又好聽。

一過這個「關頭」，我就好像走出了地獄。現在想一想，童年時的膽怯主要是對世界的不可知和神祕感引起的，也說不上是迷信或者愚昧。它反映出童稚的心態，最初接觸人生和大自然時的好奇和夢幻。事實證明，所有這些，當時並沒有嚇破我的膽子，還給予我許多神奇的夢境。

眼前是一大片開闊的低窪地，遠處是白茫茫的滹沱河，沒有水，河牀全是沙石，在陽光下閃射出雪白的亮光。河邊的一片楊樹林最誘惑人，我家的地壟上生滿金針菜的「三尖子」（這塊地的名字）就離這片樹林很近。只有到這時，我才突然聽到關頭那裏樹叢中有許多小鳥在唱。這裏有不少的畫眉鳥。我小跑似的直奔「三尖子」地。

路上碰到趕車的大人，都笑着問我，「是摘金針的吧？早該去摘，你家的金針長得最好。」金針菜應該隔幾天摘一次，而且越摘越多。一個夏天我家最多去摘三五次，大部分讓別人摘了。

「三尖子」這一帶全是水澆地，莊稼長得格外葱鬱，連空氣都很濕潤。一到「三尖子」地，嗬，金針花正開得金黃金黃，甚麼黃顏色都比不上金針花黃得好看，它像在燃燒，是火焰的結晶。我一朵一朵地掐，把沒有綻開的留下。金針花的露水都是香的，我忍不住用嘴去吮吸那一珠一珠的會滾動的露水，黃色的花粉吸得滿嘴，腮幫上也沾滿了花粉。我把金黃的花一朵一朵地擺在籃子裏，一會兒工夫就摘滿蓬蓬

鬆鬆一籃子。籃子裏裝不下，我就把肚兜脫下來再包一包。隨後我把它們寄放在地邊蔭涼處，帶着小鏟子朝河邊的樹林走去。

到了林子裏，才看到不但有一夥放牛的，全是本村的，還有三五成羣的小閨女們在挖野蒜。在這裏，偶然能採到一窩窩的蘑菇。野蒜遍地都是，要多少有多少。其實用不着鏟子，手揪着那細長的青苗苗，往上一提，就提出一顆圓溜溜的雪白的蒜頭，拇指頭大小，我們叫它小蒜。一股辣味帶着清香和根部的泥土味，讓你越拔越興奮。拔出一堆以後，把小蒜挽成一辮一辮的。樹上的鳥兒飛來飛去，叫個不停，可能是被蒜味嗆的，也興奮了起來。

採蘑菇最奇妙不過，看見有一處拱鬆了的土，彷彿下面有甚麼活東西朝上頂，仔細瞧，有的已經露出了灰白的頭。不是頭，是蘑菇的眼睛（灰白的眼睛也是眼睛），它正朝外面窺望哩，清香的味兒一縷一縷地向上冒。千萬不能粗魯地去刨挖，你只能用手輕輕地把沙土撫摸掉，慢慢地就能露出一個一個蘑菇。下面的根很長，有一兩寸，用小鏟往下挖很深，然後向上一揚，整個蘑菇就刨了出來，白嫩白嫩的，真是喜人。我趕忙到附近地裏扯幾片南瓜葉子，把它們小心謹慎地包起來。這時候，我才開始和同村孩子們滾在一塊打鬧。

娃娃們全都是赤條條的，本來都穿着鞋，全脫掉了，汗熱的腳掌在林子裏濕潤的沙土走動，實在舒坦，從腳心一直涼到了心上。我來之前，他們已摔了好一陣跤，有幾處踐踏得坑坑窪窪的。沙土上摔跤頂有趣，第一，摔不痛，第二，

人身上沾滿了沙粒，抖落時渾身有癢酥酥的感覺。張蠻比我大兩歲，是全村的孩子裏數一數二的摔跤手，在這兒，他當然為王。他摔跤異常機靈，最會扳人的腿腳，他兩隻手臂揮動起來如鷹翅一般，在對方的眼前不停地晃動，把對方的眼晃花了，彷彿看到有幾十隻手臂（我就看到過），用手猛推對方的胸脯，對方只要趔趄一下，他就乘勢把對方的腳踝扳起來，只聽到咕咚一聲，人早已仰面朝天摔倒了。我在這一羣孩子裏從來地位很特殊，人家把我看做唸書人家的孩子，經不起摔打，我在他們中間顯出幾分文靜，一眼望上去，皮膚也遠沒有他們曬得那麼油黑。

張蠻提醒我該回家了，他把他採的蘑菇全送給我。這時我發現圍女們早走光了，我趕緊往回走，放牛的孩子到正晌午才回家。因此我還是一個人上路。我把「三尖子」地寄放的籃子取上，這時太陽已明晃晃地升得很高。地裏收麥子的人、拾麥子的人到處都是。當我走近「關頭」時，我看見三五個圍女們正鑽在樹叢裏玩，大概是找甚麼東西。她們怎麼一點不怕狐狸精呢？

回到家裏，祖母看見我籃子裏的金針花，還有蘑菇，誇獎我幾句。金針菜大部分曬起來了。午飯時，祖母照例為我蒸了一碗金針和蘑菇。我吃現蒸的金針菜和蘑菇跟全家人都不同，他們要蘸上調料（不過是一點醋和鹽），我卻喜歡白口吃。蒸蘑菇和金針菜時，老遠老遠就可聞到，好像藏在蘑菇和金針裏面的味兒熱得熬不住了，從鍋蓋縫裏都跑了出來。我就喜歡聞這種鮮活味。每次摘金針菜，採蘑菇，直到放到鍋裏蒸煮，我的心靈都得到一番美的享受和大自然的薰陶。

羊羣回村的時候

　　放羊的老漢和傻二狗都是很神奇的人。他們一個能準確地判斷落雪的時間，一個能遠遠地感受到羊羣的腳步。他們有甚麼訣竅？放羊的老漢靠看螞蟻進窩，傻二狗靠聞青草氣息。人與自然之間，本來就應該有這樣的密切聯繫。

　　講故事需要有角度。從描寫兩個神奇的人開始的羊羣回村的故事，是一種很巧妙的結構，它一下子就能把讀者帶進故事的情境中。文字簡潔，但很能達到以點帶面的效果。

　　文章對場面的描寫也很生動：「羊咩咩地鳴叫着，鞭子叭叭響着，掛在狗脖子上的鈴鐺不停地搖響，加上孩子們的歡叫，使全村充滿了節日的氣氛。」感覺人不是在迎接羊，倒是在迎接自己的親人回家。

　　平均的場面描寫中也有重點，那就是放羊老漢。在「我」小小的心裏，他的羊皮襖、羊肚子手巾和温順的羊眼，都使他跟羊結為一體了，像羊神一樣。

　　「我」對放羊老漢是崇敬的，但「我」的表現其實也不錯。全家人只有「我」能認清自家的所有羊，還能一眼就看出黑臉羊懷着大肚子。

　　此時再思考文章的題目——羊羣回村的時候，我們知道，羊羣回的不僅是人的村子，也是牠們自己的村子。牠們回村，就像人回家一樣自然。這是一篇凝練、雋永的好文章。

十月的天，灰沉沉的，化不開，已經釀了幾天雪，不見有一星星的雪落下來。

放羊的老漢不識字，卻懂得天文，每年不遲不早，準在第一場雪下來的前幾天，把羊羣從十幾里外的南山趕回村裏。有人問他：「你怎麼知道兩天後下雪？」他笑笑説：「螞蟻知道，螞蟻都進窩了。」

羊羣進村的時候，多半在後半晌。

羊羣裏有我家的十四頭羊，我早已盼着羊回來。

「羊進村了！羊進村了！」

還沒有望見羊的影子，村西頭的那個叫傻二狗的孩子（比我大兩歲），就大呼大喊起來：「喂，各家快出來認羊！」他從村的西頭一直喊叫到村裏的一個空場上。

「羊回來了！」孩子們一眨眼工夫聚到了空場上。還有幾個大人，他們怕孩子認不出自己家的羊。

沒有見羊的影子……

孩子們衝着傻二狗問：「你哄人？」

傻二狗反問：「我甚麼時候哄過人？」

他的確從沒哄人。

從村西頭那個高高的過街門樓下面，浩浩蕩蕩地湧來了雪白發亮的羊羣，一條獵狗汪汪地吠叫着，使勁搖着尾巴，跑在羊羣的前頭。滿街揚起了團團的塵霧，只有娶媳婦才會有這個歡騰氣氛，就差沒有響器班子奏起《得勝還朝》的曲子了。

我從家裏跑到空場上，等着認領我家的十四頭羊，全家人只有我認得清牠們。我問傻二狗：「羊還沒進村，你怎麼

曉得？你一定在村外演武廳上的高坡瞭見了羊！」

傻二狗笑笑說：「我坐在炕上聞見的。」

「聞見的？聞見了甚麼？」

「羊味。」

「羊毛味？羊糞蛋兒味？」我不信，疑疑惑惑地問他。

傻二狗朝我溫厚地笑笑（多麼像他爹的笑，他爹是走草地的漢子）：「我聞到了青草氣。」

「青草氣」三個字頓時讓我清醒過來，彷彿真的聞到了剛回村的那些羊身上的氣味，那氣味，不是難聞的羊羶味。青草氣特別濃，苦中帶甜。幾天前我到滹沱河邊割過幾回羊草，草的液汁幾乎稠得流不起來，在鐮刀刃上黏了厚厚的一層。這氣味牲口都喜歡聞。我回過味來了。從南山回村的羊羣，當然帶着滿身的青草氣。青草氣老遠就能聞到，它生性會飛。

不過，傻二狗的鼻子真靈。他家不養羊，他給村裏開殺房（屠宰場）的趙毛放牛，他天天割草，對青草氣特別敏感。

剛回村的羊，個個毛色白淨發光，牠們在南山深深的山谷裏，神仙一般度過了半年多時光。南山一帶有許多泉水，是全縣唯一能產大米的水鄉。南山上還有幾十里松樹坡（出名的風景區），傳說霍去病曾選中了這塊豐美的草野屯軍。在這裏放牧的羊羣怎麼能不帶青草氣？連那些從口外草地回來的人風裏雪裏走好幾百里路，身上的牲口味和草腥氣還死死地戀在他們的身上。

放羊的老漢，個子不高，面孔紅撲撲的，他在羊羣裏前

前後後揚着響鞭，並非為了驅趕羊羣，而是要顯一顯他和他的羊羣的氣勢。羊咩咩地鳴叫着，鞭子叭叭響着，掛在狗脖子上的鈴鐺不停地搖響，加上孩子們的歡叫，使全村充滿了節日的氣氛。這樣的情景，一年只有這麼一回。放羊老漢披着翻羊皮襖（毛在外），頭上罩着羊肚子手巾，活像一頭站着行走的帶頭老羊，連他的黃褐色的眼珠和平靜的眼神，都閃着羊眼的那種宿命的溫順。

我們那裏的民間傳說，羊遇到危難的關頭，會突然站立起來，兩隻尖尖的角冒着火焰，比狼還高大，比狼還凶猛，狼從來沒見過站立的羊，於是被嚇退了。牧羊人把會站立的羊看做羊神，幾百頭羊裏或許才能有一頭，叫做「頭羊」。我相信這個傳說。

放羊的老漢就是羊神，每隻羊都信奉他。

當我把十五頭羊趕進我家的大門，狗搖着尾巴撲上來歡迎我和羊。今年又多了一頭小羊。還有一頭黑臉羊，懷着大肚子，我一眼就看了出來。

秧 歌 進 村

導讀

　　文章開篇交代了「秧歌進村」的背景。時間是從正月初五到元宵節，參與者有下西關、上西關、北關、王進村，各懷絕技，各顯神通。這是一幅全民狂歡的畫面。這樣一個背景介紹，在行文上是從面到點，顯得井然有序。

　　在寫秧歌進到村子裏之前，作者又把注意力放到觀眾那裏。先寫觀眾，自然首先是因為秧歌隊伍還遠，佔據舞台中心的本來就是觀眾。而在文章脈絡上，卻也進一步為引出秧歌隊進行了一次鋪墊。

　　作者對觀眾的描寫還很有次序。先是震天雷響，配合着傳入觀眾耳鼓的悠揚的吹奏聲；繼之以上樹的孩子，配合着映入他們眼簾的鮮花和響器；最後是立在大門口的祖母，遠遠地看，靜靜地聽。這三組圖像，正如攝像鏡頭慢慢搖過人羣所呈示出來的一般，一絲不亂。

　　秧歌隊伍的表演，這麼繁複的局面，作者主要篇幅都給了主持人老漢，寫他的個子、動作、聲音、唱詞、臨場發揮……這等於是來了一個特寫鏡頭，把秧歌表演最有特色的東西置於聚光燈下。比起平均用力，特寫是能夠突出重點、給讀者更鮮明的印象的。抓住重點和特色，這就是剪裁。

如此剪裁的原因還在於「我」對主持人老漢的羨慕。有了老漢這個中介，秧歌進村的故事才與「我」密切相關，「我」對故鄉的思念，才有一個確定的目標和對象。那麼，感情的抒發就不會流於空泛。

每年從「破五」到元宵節期間，是我們那裏鄉間一年之中最消閒與歡快的時候。大地和人都在休養生息。村村有一代一代形成和流傳下來的表演節目，我們下西關鬧的社火，是武行，與下西關的粗野民性相符，我是其中的一個不顯眼的成員，因為我氣色灰暗。上西關耍綠毛獅子，北關表演大腦袋李翠姐。離我們村十來里的王進村的秧歌全縣出名，行頭鮮亮，唱得有味，演員大半是太原兵工廠的工人，在省城見過大世面，他們不害羞，敢表演。王進村秧歌隊到下西關表演的那天招引的人最多，男女老少一兩百號人，早已熱熱鬧鬧聚在關帝廟前的空場上。王進村的秧歌隊還沒有離開北關的無樑殿，村裏的社首趙毛就派人在村口放了三響鐵炮，比「震天雷」（響聲最大的鞭炮）還震人，震得全村的麻雀都逃到了天上。遠遠地傳來了響器班子悠悠揚揚的吹奏聲。我們的社火隊正好沒出去，我跟幾個調皮鬼爬到了孤零零的一棵槐樹的枝杈上。秧歌隊蹬着高蹺，老遠老遠就瞭見了他們像一叢叢高挺的鮮花。響器在前邊開道。不出家門的祖母，一聽說王進村的秧歌進村，也面帶笑容地立在大門口，祖母年輕時是個唱秧歌的好手。祖母年年都站在我家的大門口，遠遠地看，靜靜地聽，她在回味自己逝去的青春。

　　秧歌隊在關帝廟前的條凳上歇了一袋煙工夫。全班人馬站起來在空場上轉圈，亮相，響器吹成一片翻騰的音響的海洋。這時，派秧歌的老漢（就是當今演唱會主持人的那個角色）穿戴得很氣派，他個子不高，聲音很亮，聽說是兵工廠造大炮的工人，他慢慢地走到空場中央，很權威地朝響器班子一揮手，吹奏立時就啞默，他笑着朝人圈拱拱手，高聲地

唱道：

> 秧歌本是男人扮，
> 哄得女人繞街轉。
> 上關攆到下關看，
> 把繡花鞋磨成稀巴巴爛。

六十多年過去了，老漢唱的開場白，我仍記得清清楚楚，而且還會唱（此刻，我停下筆，閉起眼睛唱了起來），我現在的年紀比當年派秧歌的那個老漢要老得多，仍能像童年時不走調地學着他的腔調唱。前三句唱詞兒聲音拉得很長，末一句詞兒不是唱，是快嘴説，帶着調侃的情趣，引得全場人咯咯地笑了起來。他是個很智慧的人，他的開場白音調相同，但到甚麼村編甚麼詞兒，決不重複。

我很小就離開了家鄉，已無法改變我的一生的命運了。如果我一直活在家鄉，我不可能寫甚麼詩，倒可能成為一個會逗人喜歡的民間派秧歌的老漢，而且我一定能編出一套套的唱詞兒。

掃霽人兒

　　「霽」的意思是雨雪停止，天放晴。「掃霽人兒」就是把雲掃走，讓雨雪停止，天放晴的人。這個稱呼來自作者老家的一種習俗。每當暴雨傾盆，發大水的時候，人們就會做出這樣的一個小人兒，掛在屋簷下，期盼這個小人兒能掃去雲彩，止住大雨。

　　有意思的是，從形象上推測，掃霽人兒是個女的，很漂亮。你看她「穿花襖花褲，頭戴一頂玉米皮剪製的草帽，手裏拿一把掃帚」。看來，為了掃霽，她還全副武裝。作者只就衣服、帽子和裝備三點去描寫她，沒有多餘的筆墨，而她可愛的樣子彷彿已經擺在我們面前。還有，掛在屋簷下的掃霽人兒在空中還搖搖擺擺的，很像一個「活潑潑的精靈」。我們不由得也喜歡上了她。

　　作者因為很喜歡她，所以做夢夢到幫助她去掃霽。這個夢也寫得很有波瀾。剛上來，他的努力很有成效，黑雲被掃落下界，有星星露出笑臉。可接着就是一個炸雷。他翻了幾個跟頭，看清了雷電的奧祕。雖然他繼續努力，黑雲不斷墜落，可雲還是密不透縫地撲過來。他遠遠地發現了掃霽人兒，似乎看到了勝利，可還是被一個炸雷炸得粉碎……這個一波三折、屢敗屢戰的過程，是很清晰的。我們由此感受到了作者的勇氣和韌性。

　　在最後，作者把童年的記憶擴大了，他要「把夢中和夢外的黑沉沉的雲天掃霽」。我們都要佩服他的勇氣和韌性！

我是個多夢的人，夢醒之後甚麼也記不得，因此我絕對不是個擅長說夢的人。然而，有三兩個童年的夢，幾十年來卻不斷地夢了又夢，而且夢境越來越完美，彷彿我有第二個生命活在夢中。弗洛伊德把這種夢叫做「經年重複的夢」。有一個不朽的童年的夢，異常的神奇，也許全人類只我一個人做過這個夢。在這個夢中，我變成一個掃雪人兒，在烏雲密佈、騷動着雷電暴雨的天地間，不停地揮動一把掃帚：我——掃雪人兒，要把天空清掃得明明淨淨的。

我的故鄉在雁門關內的滹沱河上游地帶，那裏三五年多半要遭一回旱災。可是，一旦陰雨連綿或下幾場暴雨，野性的滹沱河便從雲中山脈滔滔而下，我家租的那幾畝河灘官地（多半種高粱），就被沖得顆粒不收。祖母只要聽見滹沱河從遠方呼吼而來，便立即在昏黃的油燈下（奇怪，洪水多半深夜來），製作一個小小的掃雪人兒。她把我從夢中喊醒，大聲說：「大河發水了！」我光身子登上梯子，把掃雪人兒懸掛在房簷下。也許由於有風，也許因為我的手抖動不已，我覺得那個掃雪人兒真的是個活潑潑的精靈。因此我深信她能夠把天掃雪。我當年以為她既然穿的是花衣裳，一定是個女的。

掃雪人兒像城裏開當鋪人家的媳婦，穿花襖花褲，頭戴一頂玉米皮剪製的草帽，手裏拿一把掃帚（只有松鼠尾巴那麼大小），樣子十分的可愛。在閃電劈來的一瞬間，我看見那掃雪人兒在空中搖搖擺擺，真的像是在不停地掃着甚麼。祖母雙手合十，喃喃地禱告着：「掃雪人兒，掃雪人兒，快快升上天去掃雲，使壞了掃帚再給你換一把新的！」

　　儘管掃霽人兒在空中搖搖擺擺地掃雲，雨仍在嘩嘩地下。我覺得掃霽人兒雖是個精靈，畢竟是個秀秀氣氣的女的，她掃得太苦太累。夜裏，我清醒地做起了夢，我變成掃霽人兒，忽忽悠悠地飛進了黑咕隆咚的天空深處，我使出了全身的力量，不停地用我家掃場院的那把大掃帚，向黑的雲天揮掃着。我看見又黑又重的雲，一塊一塊被我掃落到下界。嚯，我居然掃出了幾顆亮晶晶的星星。我更加信心十足地揮掃着。突然一個炸雷轟得我翻了幾個跟頭，我死死地握着掃帚不鬆手。我相信雲一定怕掃帚。我終於把虛張聲勢的一羣雷掃走了。原來雷是幾大塊黑油油的石頭在互相撞擊，撞出的火星就是下界看到的閃亮閃亮的閃電。我不停地揮掃着。在我面前，黑雲一塊塊地墜落下去。但是我覺得雲還是那麼密不透縫，還是那麼森森嚴嚴。雲像是千萬匹黑色的野獸向我撲過來，如果沒有掃帚揮動，我早已被雲一口吞吃了。我畢竟掃出越來越多的星星，還有幾處天空透出了一點微微笑的藍色。遠遠地我看見那個穿花襖花褲的掃霽人兒正在遠遠的天邊橫掃着雲，黑黑的雲塊在她身邊向下墜落着。我想朝她喊一聲，卻喊不出聲音。一個炸雷擊中了我，我覺得我被炸得粉粉碎。人已粉碎，我居然還能看見我手裏的掃帚被電火燒着，如彗星般劃過天空，我嗚嗚地哭了起來……

　　祖母把我推醒，說：「你哭甚麼？」我說：「我把掃霽的掃帚丟了！」祖母知道我做夢，笑着說：「你又不是掃霽人兒，丟了就丟了吧！」我說：「我夢見我變成了掃霽人兒，我還要去掃霽！」我哭得更傷心。窗外，雷還在狂暴而示威地轟響，雨還在嘩嘩地下。我對祖母哭訴着：「我還要回到夢

裏去！和掃霽人兒一起掃霽去！」後來，每當陰雨天氣，我就在夢裏變成掃霽人兒。

這個掃霽人兒的夢，我還沒有做完，説不清哪天夜裏，我還要進入這個神奇的童年的夢境。這個夢之所以做不完，是因為它深深地潛埋在我的心靈深處，讓我不斷地去夢它，親近它，把夢中和夢外的黑沉沉的雲天掃霽。

南 山

99

導讀

這是一篇很有示範意義的文章，脈絡清晰、文字平實，值得認真揣摩、借鑒。

作者一連五個自然段，極力渲染了自己對南山的嚮往。南山與草地一樣令人嚮往，它是莽莽蒼蒼的龐然大物，那裏雪夜會下來豹子，那裏有酸酸甜甜的小果子，那裏是羊羣和放養老漢的聖地。「哦，總是那個南山！」是啊，「採菊東籬下，悠然見南山」，陶淵明的南山與詩人心有所會，而作者筆下的那個南山，卻是令作者悠然神往的。

有意思的是，南山究竟是甚麼樣子，文章始終沒有一個近距離的描述。「我」與它的關係，始終止於遠遠地看。

沒能靠近，這是事實，而文章妙就妙在這裏——所謂霧裏看花，愈見其美。

作者重點寫的是一次火把遊行。「數不清的紅色的星星閃爍着」，「每一顆紅星星都在活動，一搖一晃地向上浮動着，彷彿千百隻風箏正掛着海琴和燈籠朝天上默默地升了上去，只是聽不見海琴吹奏出的聲音」。很壯觀的一幅畫面。關鍵是作者的感受：「我覺得平常那個莽莽蒼蒼一動不動的南山變了，燈火給山染上了神祕的顏色，整個山彷彿動了起來。」細膩而不乏真實。站到山

頂，能獲得這樣的感受嗎？

作者還特意分出筆墨補充了祖母的故事。這一轉看似閒筆，實則大有深意。文章點題的話，就不動聲色地通過這個故事表達了出來：「她的心靈非常的敏感，也非常的愛美。她的世界，最遠的邊沿就是南山。」最後一段不過是這一意思的延伸。文章所寫的，實際上就是一個夢。這個夢的名字叫做「美」。

當童稚無邪的年代，我莫名其妙地嚮往兩個地方：一處是口外的草地，一處是南山。口外的草地太遠太冷，我做夢都夢不到那個野茫茫的地方去，果真夢到那裏也會把我凍醒的。南山雖說近，立在我家的院當中，不必抬頭，用眼一瞟就能望見，但對我來說，它同樣是陌生的，可望而不可即。

到我長大點能在院子裏跑動時，聽說第一天就指着南邊莽莽蒼蒼一動不動的那個龐然大物問：「那是甚？」「南山。」是比我大四歲的姐姐回答的，「為甚叫它山？」「山就是山⋯⋯」姐姐去過一回南山，她當然知道甚麼是山了，可我還是不曉得山是甚麼。

一個落雪的夜。兩隻貓毛毛爪爪的猛地鑽進我的被窩，把我折騰醒了，就在同時聽見房頂上咚咚地響了幾下，我問祖母：「誰在上面走動？」祖母小聲說：「不要嚷，從南山下來的豹子。」「豹子，牠為甚下山？」「大雪封了山，豹子餓得前心貼後心，牠們下山來找吃食。」

有一天，父親的最好的朋友佩珍伯伯送給我一枝酸刺子，金黃的豆粒大小的果子擠成了堆。我頭回吃，酸透的嘴過一小會兒卻甜起來。我問佩珍伯伯：「酸刺子長在哪裏？」「南山。」

還有一回，放羊的老漢把我家十幾隻羊趕進圈，祖母對我說：「今年添了兩隻羊羔。」我向這個面孔紅得像醉棗的老漢問：「這麼長時間，你跟羊去了哪裏？是去了口外的草地？」老漢笑笑，說：「全村攏總這麼點羊，不值得去口外。我們去的是南山。」他提到南山時，聲音變得異常柔和。他說的「我們」，是指他和他放牧的幾十隻羊，並沒有

另外一個人。

哦，總是那個南山！

我天天好奇地望着南山，天晴朗時，山上的樹都看得見，有時雲天霧罩的，感到幾分怕人。我相信南山那裏一定跟草地一樣，甚麼都有。如果草地沒有珍寶，我家祖祖輩輩為甚總有人去那裏？在我家東房牆角的雜物堆裏，我已經不斷地發現了不少稀奇而有趣的東西：烏黑的樹叉一般的鹿角，轉圈鑲着花邊的尖頂氈帽，重得像石頭似的馬鞍……祖母和母親不准我亂翻，説這些東西是上幾代的老祖宗從草地辛辛苦苦帶回來的。氈帽是我沒見過面的祖父戴過的。這些寶貝的顏色都顯得發暗，發着一股刺鼻的汗腥氣和牲口氣味，有點像駱駝的氣味：汗加土加鹽的氣味。我當時已見過兩回駱駝，跟牛的羊的狗的氣味全不同。我還不曉得馬身上發着甚麼氣味。我的嗅覺自小十分的靈敏。幾十年後，我的有些詩就是憑着嗅覺觸動的靈感而寫出來的，我能聞到遠遠的地方飄來的氣味，從天上的飛雲能聞到雷的氣味，童年時我跟祖母説過，她不信，説：「你又不是雷公！」

童年的南山和草地多麼神祕啊！

記得是一個秋夜，我剛鑽進了被窩，祖母在院子裏大聲喊我：「成漢，快來看！」祖母向來不哄人，她的話全是真的。我翻身下炕，一出家門就看見祖母和姐姐已經站在東房頂上了，她們是兩個黑影，祖母比姐姐高半個頭。祖母因腳纏得特別小，平常難得上一回房，這回居然摸黑上了房，一定望到了甚麼迷人的遠景。母親正帶吃奶的娃娃。聽見我慌慌張張上梯子的動靜，從她房子裏衝我吼了一聲：「不要

上房亂跑！」我看見祖母在平坦的房頂上盤腿坐着（她因腳小，站立不穩），「成漢，朝南山那兒看！」我看見了，正是南山那兒，數不清的紅色的星星閃爍着，仔細一瞅，每一顆紅星星都在活動，一搖一晃地向上浮動着，彷彿千百隻風箏正掛着海琴和燈籠朝天上默默地升了上去，只是聽不見海琴吹奏出的聲音。

天上星光燦爛。雖然因天太黑十里外的南山連影子都瞧不見，但是，因為有這麼多的會動的紅星星，南山離我們顯得近了，覺得它就近在眼前。

祖母對我說：「今天是七月一日，南山七巖寺有廟會，會已散了，大人們正舉着燈籠火把，領着女人和孩子翻過南山回家，山上的豹子和狼怕燈火，要不牠們會傷人。」她又說：「夜裏翻山不僅要舉燈籠火把，男人還得帶上鐵齒禾叉。」七巖寺是縣裏的名剎，有北魏石刻，還有唐代詩人王維的讀書樓。我上小學後去過。

我以為那一溜一串的燈火，升到高頭就讓風吹滅了。祖母對我說：「不是風吹滅的，是翻山的人到山頂了，再走，就下山，燈籠火把到了山的那一邊了。」

我覺得平常那個莽莽蒼蒼一動不動的南山變了，燈火給山染上了神祕的顏色，整個山彷彿動了起來。

我們看了足有兩頓飯的工夫，南山的燈火還不見稀少。祖母真有耐心，比我還看得入迷。後來我知道，祖母自從嫁到史家來，就不大出家門，至多在村子裏走走。她的一生像一棵樹生了根，又像南山那樣，一動不動守着自己的命運。她只去南山趕過一回廟會，那還是她當閨女的年代。祖母家

姓劉，是南關有名的會做麵食的，在我們村子裏，天天聽到有人喊：「熱包子啊！」那叫賣的人就是祖母的弟弟。廟會期間，他們全家去山下的留暉村賣肉包子。祖母因腳小，走不了山路，是搭別人家的大車去的，男人們早兩天就得去搭棚安灶。女人們忙得連上山的工夫都沒有。自從來我家，每年的這一天，祖母總要上房久久地觀望南山的燈火。她的心靈非常的敏感，也非常的愛美。她的世界，最遠的邊沿就是南山。

第二天我一醒來就到院子裏看南山。南山看去一點沒變樣，仍像過去那樣靜穆地立在那裏。可我總覺得它的神氣與往日不同了。我想到，昨天夜裏我們觀望南山燈火的那個時候，山上的豹子和狼，都遠遠地伏在叢林裏，望着不斷的燈火從牠們眼前走過去，牠們的心裏不知想些甚麼，快活，還是懼怕？牠們與我們坐在房頂上觀看南山燈火的心情是絕對不一樣的。今夜我如在南山，一定想法看一看華麗的豹子。我討厭狼，祖母說：「狼渾身發着臊臭。」牠們傷不傷人，我並不怕。

沙 漠

　　《沙漠》是作者十七歲時的作品。因為日本侵略者步步緊逼，作者和父親離鄉逃難，經多方輾轉，此時在天水的國立五中（高中）就讀。雖然只有十七歲，但這段經歷顯然使他身負對侵略者的仇恨。

　　作為蒙古族的後裔，作者還對沙漠充滿感情。蒙古人世世代代都在與惡劣的自然環境作鬥爭，沙漠既給他們的生存帶來了巨大威脅，也鍛煉了這個民族堅韌不拔的強大意志。對於這個民族而言，沙漠是敵人和對手，也是親人和朋友。

　　在嚴重的民族危機面前，作者筆下沙漠的形象，因為國仇家恨和遙遠的民族記憶而煥發着獨特的神采。它確實很恐怖，但是，作者更想發掘的，是它那「原始的生命力」。於是，我們讀到的整篇文章都濃烈地散發着慷慨、昂揚的氣息。中華民族，這一老大民族，所需要的，正是這種「原始的生命力」，粗野、荒蠻，但是無比堅韌，無比雄壯。

　　所以，作品中人與沙漠上風沙的鬥爭，是現實中民族戰爭的投影。作品中士氣高昂的牧民身上，寄託了作者對整個中華民族的希望。是沙漠孕育了這樣的希望，它雖然古老，但是依舊可以從地下湧出勃勃生機。

　　偉大的沙漠，不也是中華大地的象徵嗎？

沙漠，像一個漠遠而荒古的夢，用恐怖的灰色的翅帷，壓蓋着人們底心，永遠不敢去掘發，讓它的靈魂在孤寂裏生鏽。

　　沙漠是多麼沉默，靜穆，粗野，而又純潔……

　　沙漠是世界聖潔的面容。

　　——永遠奔揚着原始的生命力！

　　沙漠，大地原始的衣。而今，古老得已失去温暖，草莽像囚犯頭上蓬蓬的長髮，沙窩，如老年人乾涸的深陷的眼瞳，貯滿陰鬱與困厄，用疲倦失色的光澤探尋着生命的泉流。而沙漠，多少年代生命寄託給乾涸的河流，希望，永遠在寂寞的歲月中埋葬着。

　　這寒寂的沙漠，乾涸的河流，在悠悠的世代裏也曾哺乳民族的嬰兒，文化的碩果；在寒冷的風沙裏燃着希望的熱情，在蒙蒙中幽暗中瞅見上帝描繪出未來；河流也會激蕩出洪波，像理想的眼睛，翩翩地穿着風沙，灑向行人，而又呼嘯着耀向太陽；沙漠用先驅的步伐，領着祖先們仁慈的精靈，餵養出無盡的希望和生命的花朵。它漲滾着，用壯闊的波濤把整個民族湧起，勝利而驕傲地站着，把生命交給人類和土地，於是人類的文化像野花開放在田邊，而它卻漸漸地衰老了……

　　沙漠，民族的衰老的母親！

　　它，連結着人類的心，燃着原始的愛。

　　當沉重的天色墜到耳邊，夕陽滾下沙野，斜暉用未來派的紅色抹出希望，牧民以落日喚回牛羊，純潔的歌聲讓風捲

向天野，像海鷗的輕歌掠過海波——

> 伊呵朗，沙漠！
> 貝倫河邊草茫茫，
> 鑽風涉水牧牛羊，
> 肩扛着太陽和月亮。
> 沙漠，我的親娘！
> 撒下歡樂的種子
> 在這土地上——
> 唔啊，姑娘，
> 讓野火在寒夜
> 點燃起熱情高漲；
> 歌吧！姑娘！
> 火焰的金箭穿過太陽；
> 同聽着的冰河歡唱，
> 翹望那紅雲追着黃風變幻
> 唔呵，沙漠我的親娘……

沙漠上，沒有路，也沒有足跡，路有如災難的流星飄落在天野；只有自己才會走出路痕……

趕駝人坐在駝背上吹出沙啞的歌聲：

> 金釘鐺，銀釘鐺，
> 釘釘鐺鐺過天山，
> 炒米賽不過伊犁河的芙蓉香。

狐皮裳，軟馬鞍，

格啊登凱，鼻煙桿

嗨呼嗨呼伊裏朗……

黃昏，帳幕前的草地上，少女用灼熱的胸膛，親切地貼着大地，靜靜地諦聽着牛羊的歸來，老人們呷着奶茶拉着低啞的聲調，像一支彩筆，那淳樸的語句，構出沙漠的光彩，悲哀，希望和生命的線索。

幾千年來，戰爭的野火在沙漠上點起又熄滅，祖先們用自己的血寫紅沙野，而又被風沙淹沒了，多少次，草原變成生的鬥爭的戰場，留下毀滅後的荒涼，戰士們將戰馬套上耕犁拓荒。

當長夜在沙野睜開睡眼，朝曦在山岡撕去睡衣，牧民們又蠕動在漠漠的風裏，山歌，羊鳴，馬嘯，鐸聲，譜一曲沙漠的新歌……

而今，沙漠的靈魂並沒有鏽成泥，抗日的炮火敲碎那遠古的長夢。

毒的火舌，挾着血色的煙雲，像風沙馳遍沙野，它，燃起久埋在沙地的烽火，燒醒久睡的沙漠的號手。

牧民們，荷一支短銃，騎着馬，迎着撲面的風火，讓鐵蹄牙扣着沙野，那聲息是怨尤，是憤怒，是希望。

牧民的心永遠連着沙漠，繫着牛羊……

風沙埋去燒毀的篷帳，埋去火的鞭痕，烙印……

燒毀舊的便是新的呵！

牧民睜視那沙海連着天宇的線痕，跨上戰馬，在戰鬥裏

踏出一條生的血路，拾起甦醒的歷史。

當春風吹起黃沙香，當雪山流下山洪，當白雪埋葬的冬日，在每分每秒的時刻中溶化，那棕色的人，棕色的馬，棕色的沙漠在戰鬥裏成長着……新的生命在陰寒裏出芽，在風沙裏開花。

沙漠沒有老，春草，野花偎依着它。

沙漠醉了，從來沒經過這般的快樂，然而它沒有昏迷，它要比往日清醒得多。

沙漠，在亞細亞的大地上站起來了！

它最高……

後記

上面的散文詩《沙漠》，是我十七歲時在天水寫的，我並沒有去過沙漠。當時由於活得寂悶，常常夢想到一個廣闊的沒有樊籬的境界去解脫自己的心靈，我想像中的沙漠在冥冥中為我展開了生命可以馳騁的天地。幾乎是同時，還寫了一首長詩《草原牧歌》。《沙漠》裏片片斷斷的情景早在童年時就閃現在我多夢的頭腦之中了。兩曲民謠，是我編寫的。其中的有些詞語，不做解釋讀者是無法理解的。「炒米」是我的家鄉走口外草地的人上路時帶的糧食，把小米炒熟，餓了就抓一把吃，或者泡在奶茶裏當飯。也有把小米與少量的麵粉和在一起，做成餅狀，用刀切成小方塊，在鍋裏焙乾，聞起來油香油香的，叫做「炒刺」。「格啊登凱」是蒙語長統氈靴，我的譯音可能不準確，我故鄉的家裏就有這種氈靴，是曾祖父穿過的。還有，我為甚麼突然寫了伊犁河？記得我們村裏有走伊犁的窮人，也有走迪化（今烏魯木齊）的。一輩子只跑一趟，至少去十年八年光景。家鄉人把迪化叫紅廟，不知有何根據。一九八六年我到烏魯木齊，詢問過「紅廟」這個稱謂，都說不大清楚，只知道烏魯木齊河畔有一座紅山，山上有寺廟，可能當時有人叫它「紅廟」。我遠遠地望見了那個廟，但沒有上去看看。現在真有點懊悔。伊犁河是我童年夢的世界裏最遠的地方，因而也最有魅惑力。

一九八六年夏天，我從伊犁河撈了幾塊晶瑩的小石頭，夜裏能發光。

《沙漠》寫得散亂，粗糙。但我不作修改，仍保留原先的幼稚本色，也算是童年牧歌中的一曲。

　　這篇散文詩，發表在西安謝冰瑩編的《黃河》上，筆名牧濤。

禿手伯

　　文似看山不喜平。文章寫禿手伯的故事，卻從炕頭的冷熱説起。借串門的婦女之口，初步交代了王六老漢的大兒子的故事。禿手伯遲遲沒有亮相。這很容易勾起讀者的好奇心。實際上，作者當時也惦念得不得了，好幾次晚上做夢都夢見兩隻手在天上飛，暗暗替禿手伯擔心，「沒有手，怎麼活呢？」

　　當人們的目光完全集中到禿手伯的種種傳説上時，禿手伯才真的出現在人們面前，作者才第一次看到了他的「手」，聽到了他的準確的故事。

　　但是禿手伯現身之後，我們還是覺得缺少了點甚麼。小孩子都替他的生活擔心，禿手伯本人是以怎樣的心態面對他的遭遇的呢？我們不知道。新的懸念出現了。

　　讀完整篇文章，不難發現，作者沒有正面解決這個懸念。他只是寫禿手伯一大早起來唱歌，寫禿手伯用套環打水，寫禿手伯敲鼓，自稱也能寫書……禿手伯究竟心裏是怎樣想的，文章沒有正面告訴我們。

　　沒有正面表現才是更好的表現。如果仔細體會，上面的一些事，已經很好地反映了禿手伯的深沉和堅強。他沒有因為自己不幸的遭遇而痛不欲生，他只是堅強地、平常地活着。即使沒有了手，這種人生態度，也使他「完美」。在這樣的人面前，難怪作者「深深地垂下了頭顱」。那是對禿手伯人格的由衷敬佩。

　　入冬以後，每天晚上，我們家的炕頭上斷不了有兩三個婦女談天說地。左鄰右舍，五六家的十幾盤炕，數我祖母燒的最熱。這決不是誇口，是坐遍了全村幾十家炕頭的金祥大娘講的，那還有差錯嗎？曾祖母在世時，睡在後炕，冬夜，祖母隔一個時辰就在灶膛裏加一鏟煤，怕老人睡不暖和。曾祖母過世後，炕還是暖和如昔，因為滿炕睡着孩子。我大約四五歲時，聽見喬海大娘對祖母說：「王六老漢的大兒子，從草地①捎回來一雙手。」祖母迷惑不解，笑笑問：「人不回來，手怎麼能捎回來？」「手凍掉了。」……「兩隻？」「兩隻。」「手捎回來怎麼辦？」喬海大娘說：「是用一張狼皮包紮好託人捎回來的。王六老漢抱着黑糊糊的手，哭了好幾天。幾天以後，老漢把兒子的一雙手，埋在他們家祖墳的邊上，堆起一個小小的墳，沒用棺材，說不吉利。」關於這一雙手，炕頭上坐的婦女談了好多天。我睡在曾祖母生前睡的地方，她們談的話我全聽到了。當天夜裏，我做了一個怪夢，夢見兩隻手，烏黑的，像兩隻張開的翅膀，忽扇忽扇地在天上飛着，不住地盤旋，突然朝下栽，正好落在了我的胸脯上。我被砸醒過來，嚇得冒出一身冷汗。我對祖母講了夢中的情景，祖母沉吟了好久，說：「這夢不該你夢見。」我問：「那該誰夢呢？」祖母說：「該由沒有了手的王六的大小子去夢。」（真是怪事，祖母不識一個字，但她的話，卻很符合弗洛伊德的觀點）這個兩隻手像翅膀一樣在空中飛來飛

---

① 　草地，此處指蒙古草原。

去的夢，我恍恍惚惚夢見過好幾回。不知過了多少時間，大家不談論它了，我才再沒有夢到。有一回，我路過王六家的墳地，見王六老婆的墳旁邊，的確多了個小小的土堆，墳堆頂上壓一塊石頭，我心想，這一定是為了把那兩隻手鎮住，不讓它飛出來。否則，我還得夢到它。那幾年，我常常替那個遠在幾千里外草地的沒見過面的伯伯發愁，他沒有手，怎麼活呢？

幾年後的一個秋天，村裏人高興地說，王六的大小子回來了。就是那個沒有了手的，論輩分，我該叫他伯伯。不幸的是，王六已死了一年。沒手的伯伯初回來那一陣子，人們都去看望他，看他的「手」。很少邁出家門的祖母也去看過他。有一天，在五道廟街上，我看見一個大人，瘦高個子，挑一擔水，兩隻袖口空蕩蕩的，就像戲台上的孔明穿的那號寬大衣服，看不見手。他用沒有手的「手」摸摸我的頭，笑着問，「你是四季老人的孫子嗎？」村裏人都叫我祖母「四季老人」，「四季」是我祖父的奶名。我仰起面孔說：「是，你怎麼認出來的？」「你那皺眉頭的神氣跟你爹沒有活脫二樣。」我跟着他走了好遠，總想看看他那沒有手的⋯⋯我說不上那該叫甚麼。沒有手怎麼能把水從井裏打上來？他回村不久，天不亮，給村裏十幾家人挑水，挑水在我們村跟放羊一樣，能掙口飯吃。放羊的老漢把村裏這家三隻那家五隻的羊集在一塊，趕到滹沱河邊放牧，還得有點經驗，挑水是簡單的力氣活，不用學。

這位沒手的伯伯開始給我們家挑水，我們家人口不算很多，用的是五擔甕，一趟一趟，至少得挑三五回，過去挑水

的人每挑一擔便在掛在門框上的「志子」（劈成半拉的高粱箭稈）上，用指甲掐一道印子。他呢，兩隻禿手把「志子」夾起來，用牙咬一個印。我們家是他送水的最後一家，祖母讓他歇一歇。正是收棗的時節，祖母把鮮紅的醉棗端出一碗給他吃，這時我才仔仔細細地看清了這位伯伯的「手」。沒有手，我總覺得那裏應該有手。他的手是從手腕處齊楂楂地斷掉的。斷頭處是烏黑的，像燒焦的木頭。他在我祖母面前把袖子捋起來，讓我們看看，祖母用粗糙的手在他的斷手處撫摩了半天，眼淚撲簌簌地掉下來。他一邊吃棗，一邊把他斷手的經過講了一遍。據說，這件事許多人問他，他都閉口不談，他只跟少數跟他爹媽要好的人談。如今他的爹媽都不在了，他是懷着向他爹媽訴說的心情向這些鄉親父老們談的。他每談一次，心裏就輕鬆一點。

那一年冬天，他在離大庫倫不遠的一個硝皮子的作坊裏當夥計，有一次他去遠地辦事，喝醉了酒，倒在雪地裏，一隻狼（「天哪，幸虧是一隻。」祖母一邊叫，一邊嘟囔着）突然撲上來，兩隻爪子猛抓他的胸脯，想破膛吃喝一頓，狼以為他已經死了。他疼醒了，迷迷糊糊看見狼的眼睛瞪着他，他感到狼的毛茸茸的嘴，冰涼冰涼的，觸到了他的喉部，醉酒後，喉部發熱，充血，特別的敏感。當年他還不到二十歲，渾身是勁，他用兩隻手扼住狼的頸部，死死地扼着。他跟狼眼對眼瞪着。人們說，狼的眼睛是綠的，不對，他說，狼的眼睛是血紅的。狼的爪子穿透他厚厚的皮襖，把他的胸脯撕得血淋淋的，但是，他扼着狼的脖子的兩隻手不鬆，狼活活地被他扼死了，是一隻很瘦的正帶崽的母狼。他

當時並不曉得狼被他扼死了。他在雪地上昏厥了過去，一是因為酒勁沒過，二是他跟狼搏鬥時受了驚嚇。他所以沒在雪地裏凍死，是因為他的受傷的胸膛緊貼着狼的又厚又茸的皮毛，死去的狼全身還像篝火般燥熱。他醒過來一會兒，只渴得要命，手摸到狼的奶子，想擠點兒出來解渴，但奶子已凍得岩石一樣硬了。過了不知多久，天亮了，人們發現了他，把他用馬馱回硝皮作坊，手已經完全凍壞了，兩隻腳因為穿着氈靴，才得以保住。凍壞的兩隻手，醫治不好，只能剁下來，否則會爛到胳膊，傷及生命。他不願扔掉他的兩隻手，用那張狼皮包紮好，託人捎回家。只有捎回家，埋進祖墳，他才覺得自己的手還在。

我自小比別的孩子瞌睡少。冬天，天不亮我就醒了。隱約聽見村裏甚麼地方有人在悠悠地唱，聽不清詞兒，但知道唱的都是西口調，比我們家鄉的秧歌要粗獷、高亢。這個時候，公雞正此起彼落地打鳴，還有小栽根兒[②]吆喝着賣黃酒的聲音，他人小，聲洪，音調暖呼呼的，我常常躺在炕上跟着哼唱。祖母說：「不要在炕上唱，你要唱，就出去跟你禿手伯去乾嚎。」我才知道天天早上唱的人是禿手伯。唉，他一定很寂悶。

禿手伯把水挑到我家時，我對他說：「我跟你一塊去。」他說：「你跟我作甚？」我說：「井口一定凍得快封口了，

---

② 　小栽根兒，作者家鄉一個叫賣黃酒的小販，詳見下文《小栽根兒和我》。

我帶個鎬頭替你敲敲冰。」禿手伯説：「今天的井口已經敲大了，你要想幫我，趕明兒起個大早。」我問他：「甚麼時候在井口跟你會面？」他説：「我一出家門，就唱，你會聽見，如果你睡得死，聽不見，你奶奶總會聽見。」第二天天剛明，我真的聽見禿手伯在唱，我第一次聽清了他唱的詞兒：「陽婆上來照山紅，擔上擔子就起身……」我們家鄉把太陽叫陽婆，太陽是女性，我覺得叫陽婆比叫太陽親切。趕到井邊時，禿手伯已經在那裏，他正用嘴哈着他的禿手，對我笑笑，説：「我知道你不會失信。」果然，井口幾乎封死了，只有一個拳頭大小的空洞，像喘氣似的裊裊地吐出一縷雪白的水汽。我揮動鎬頭用盡力氣才把井口刨開。我問禿手伯：「前幾天，你怎樣把井口的冰砸開的？」他説：「是閣兒（村口的一個門樓）裏的老漢幫我砸的。你來，他就不來了。」我來的目的本是想悄悄地看看他究竟怎樣打水。我發現禿手伯的井繩上綰着五六個套環，就如套鳥的扣子一樣，我全明白了。禿手伯把禿手伸進套環裏面，三下兩下就把水提了上來。他的手臂早已勒得樹皮一樣粗糙。也許他想在我面前表現技巧的熟練，有一回（我每天來幫他砸井口的冰），我看見他的手臂沒有伸進套環裏，結果，水桶撲通一聲掉下去了。我問他：「怎麼啦？」他難為情地笑笑説，「我迷糊了一下，我常常以為手還在，能抓住繩子。真的，我清清楚楚看見了我的手。」後來，他告訴我，早幾年，他還在草地，有多少次看見自己手還在，他用一隻「手」去抓另一隻「手」，撲了空，才清醒過來。掌櫃的認為他快瘋了，就把他打發回老家了。因為冬天天天來井口，我跟着禿

手伯學了不少西口調，現在全淡忘了。禿手伯有手時，拉一手好馬頭琴，手沒了，當然就拉不成了。每年冬閒時節，村裏的「自樂班」聚在一起吹吹打打，禿手伯總在，他不是聽眾，他用他的禿手當鼓槌敲鼓，敲得十分靈活，而且帶有特別的顫味，他不僅憑聽覺確定音的輕重，還憑着他禿手的觸覺。我父親說禿手伯鼓敲得有味道，「水上飄」戲班子的鼓手比不上他。父親是「自樂班」的班主，樣樣響器都能來，除去吹笙，還吹難度更大的管子。我也總混在中間，十歲之後，笙吹得已經很好了，成為「自樂班」的成員，當然這是後話。我看見禿手伯用禿手敲鼓的神情最為專注，眼睛微微閉着，頭不住地晃動着。他們一直吹吹打打到後半夜，多半是我父親請大家吃小栽根兒的黃酒。吃完黃酒各自回家。炕頭上說話的女人們聽見男人們的唱聲、喊叫聲，說：「他們散場了，我們也該回家。」這時，夜真正安靜了下來。不，還有官道上過路的一串駱駝的鈴鐸聲在飄響，沉沉的，悶悶的，並不擾人心靈。祖母說，後半夜全村只有一個人唱，就是禿手伯。他常常領着過路的運鹽的駱駝隊到井邊去飲水。駱駝圍成圈兒臥着，他與拉駱駝的老漢們坐在中間，既可避風，又有駱駝的熱氣熏着，他們哼哼喲喲唱一陣子草地上的牧歌，之後分手。我敢說，他們 —— 這些淳樸的人，這輩子不會再見面了。

抗日戰爭爆發那年的深秋，父親和我匆忙離開了家鄉，半個世紀悠悠地過去，我再沒有回過家鄉，當然，也不可能見到禿手伯了。我和禿手伯相處了六七年，比起禿手伯和那些拉駱駝的老漢們夜裏歡聚的時間要長得多，禿手伯給我留

下一生難以磨滅的記憶與友情。五十年代初，母親來看我，提到過禿手伯，禿手伯聽說我是「寫書」的人，他對母親說過這樣的話：「我的手如果不凍掉，也能寫書。」我絕對相信。聽母親說，禿手伯晚年懊惱地說，當年真不該掐死那隻帶崽的母狼，幾隻崽子一定都餓死了。而他活下來也不過多受些罪而已。禿手伯有手時，他是草原上套馬的好漢，硝皮子的能手，能吹（笛）會拉（琴），手掉了之後，他還像有手似的頑強地活着。他比我父親大三五歲，如果活着的話，是年過九十的人了。我默默地祝福他。不管他現在活着，還是已經死去，我清楚，當他回到大地時，埋進了西古城，他將與他的手歡聚成一個完美的人。

　　我深深地垂下了頭顱，——禿手伯用手撫摸過的那一顆好做夢的頭顱！

活着的傷疤

傷疤的故事更深地反映了禿手伯的內心世界。

作者有意從顏色和形象兩方面強化禿手伯傷疤的嚇人。血淋淋的胸脯，像紅珊瑚，堅硬的皮膚像蚯蚓，彷彿在蠕動，讓人感覺「一條條隆起的彎曲的傷疤裏，似乎都生出了自己的筋骨，自己的血管，自己的神經，自己的記憶」。

帶着這一身傷疤的人是多麼痛苦呀！可是，我們沒有見到禿手伯因這種痛苦而呻吟、哭泣、悲哀。文章裏寫禿手伯談到他的傷疤，只有三個形容性的描述：「很平靜」、「歎了口氣」、「皺着眉頭」。一邊是讓人驚心動魄的傷疤，一邊是讓人匪夷所思的平靜。作者提供的鮮明對比，極大地增強了文章的感染力。

禿手伯為甚麼那麼平靜？關於傷疤，他有自己的見解：「傷疤千萬不能露給別人看，不能讓人為自己承當痛苦，更不願讓誰可憐。」把個人的悲歡獨自承擔起來，不退縮，也不炫耀，接着「吼唱西口調」就是了。這是強大無比的人性的力量。因為平靜，才更打動人。

傷疤的「生命」是人的生命的一面鏡子。活着的是傷疤，更是永不磨滅的人格。

從口外草地回來的人，身上多半帶着大大小小深深淺淺的傷疤。如果傷在手上臉上，誰都看得見，而有些傷是很難看見的。首先，他就不願讓誰看見，而有些傷，即使讓你看，你也看不見。這些傷，痛在骨頭裏，深深地藏在倔強而沉默的心靈裏，只能從他們艱難的步態（並非由於衰老，他們大都不過三十幾歲的人）和深重的哮喘聲中，猜想到他們曾經遭受過難以想像的磨難和病痛，小災小病難不倒他們。

禿手伯失去雙手，一目了然，他無法瞞過誰，但是他那滿胸脯的傷，卻從來不讓人看。

我也只見過一回。

有一年夏天，他一個人在河裏洗身子，我悄悄地游到他身邊，想幫他擦擦後背，才第一次窺見他胸脯的傷疤（只聽説狼差點把他的胸脯子撕開），不見則已，一見真讓我嚇得目瞪口呆。這哪裏是傷疤？我心想，他回來已有兩三年，再重的傷也早該結疤，但現在看見的卻是血淋淋的一個胸脯，我覺得血還不住地在流，映着夕陽的光輝，禿手伯的滿胸脯傷疤，像多年之後我見到的紅珊瑚，從形象到顏色，都十分相像。

我驚奇地對禿手伯説：「傷口還在流血，可不能見水！」禿手伯很平靜地説：「不礙事，早已不見血了，這叫紅疤，很不吉利。」

「為甚麼不吉利？」

禿手伯用手撫摩着自己多難的胸口，歎了口氣，説：「紅疤，就是説這傷還沒有死。」

「還沒死？」傷還有不死的，我還是第一次聽説。

「是的，沒有死，傷還活着，天陰下雨時它不讓我安

生，整個心口還像那隻狼在咬我撕我。」

我禁不住想去摸摸禿手伯痛苦的血紅的胸脯，他沒有阻攔我，但我不敢用手摸，生怕血冒了出來。

「願意摸就摸摸，不礙事。」

「疼嗎？」

「不疼。」

是的。傷疤顯然沒有死。我覺得它還在折磨他，哪有不疼的傷？尤其這紅疤，還活着的傷疤，更不能輕信它。

幾乎沒有摸到一點光滑的好皮膚，蚯蚓似的隆起的密密的傷疤，彷彿在蠕動着，它們比好皮膚還要硬得多。

一條條隆起的彎曲的傷疤裏，似乎都生出了自己的筋骨，自己的血管，自己的神經，自己的記憶，難怪它不死！

幾十年過後，我才知道傷疤也是一種生命。看得見的傷疤，有許多一直活着，看不見的傷疤，有的也一直不死。

記得過了好多天，我問禿手伯：「你胸脯上的那些傷疤為甚麼不願意讓人看見？」

他皺着眉頭說：「傷疤千萬不能露給別人看，不能讓人為自己承當痛苦，更不願讓誰可憐。」

以後我再不向他提傷疤的事。我跟他常常一起吼唱西口調。

……

有關傷疤的道理，半個多世紀之前，禿手伯就對我講過，當時我並不理解。直到我的身上心靈上，帶上了許多傷疤，也很大，也很深，而且有的到我死後，可能仍然活着不死，我才真正地悟知了傷疤這個活東西。

一斗綠豆

導讀

　　這是一篇很有特點的散文，講述了「我」從姥姥家背一斗綠豆回家的故事，充滿了生活氣息。

　　周作人在《莫須有先生傳·序》中說過：「這好像是一道流水，大約總是向東去朝宗於海，他流過的地方，凡有甚麼汊港灣曲，總得灌注縈洄一番，有甚麼岩石水草，總要披拂撫弄一下子才再往前去，這都不是他的行程的主腦，但除去了這些也就別無行程了。」這一評價，移用到《一斗綠豆》上，也很合適。

　　明明題目是「一斗綠豆」，可是作者先大講了一套收集綿綿土、請回石獅子等產前準備活動，然後又說到祖母擀麵條的事情，一邊講，一邊還不停地補充說明這些做法的來歷、講究、道理。好容易講到背綠豆了，穿插進來的，還有被狗嚇到的小悲劇，二姨吝嗇的小典故。雖然是由背綠豆的過程引發的，但從篇幅上看，這兩段穿插都快趕上正面講述的背綠豆的故事了。

　　這種寫法很別致，也很危險。可是作者處理得很好。實際上，加上這些穿插，整個背綠豆的故事才更有情趣。

　　故事的喜劇結局終於回到綠豆上。「親戚們當作笑話談了好幾年」，文章就這樣結束了。沒有要灌輸甚麼大道理給讀者，就是一幅很純淨的鄉村生活圖畫。「灌注縈洄一番」，「披拂撫弄一下」，趣味就在其中了。

我生日的第二天，舊曆九月十五日，母親生下我的三弟。幾天前，家裏就忙碌了起來，如我在《綿綿土》裏寫過的，祖母讓我收集一罐子聖潔的綿綿土，還要我搬梯子去五道廟附近一堵山牆上請石獅子回家來。這石獅子一尺來高，擱在牆高處的小窯洞裏，誰家生孩子，便把它請走，放在嬰兒的旁邊守護着，滿月過後送回原處。這個習俗怎麼傳下來的，長大以後，父親對我解釋過，說是先民遊牧生活的遺跡。

　　為了給我母親準備坐月子吃的雜麵條，祖母把門扇大小的案板放在炕上，用鍬把那麼粗那麼長的擀麵杖，咚咚咚地擀了整整半天。祖母是我們村擀雜麵條的好手，誰家有坐月子的，大都請她去幫忙兩三天，她擀的麵條軟硬厚薄粗細都有講究。祖母對家裏人說，綠豆麵不夠，還差三五升，她很犯愁。母親對祖母說，「讓成漢到姥姥家要五升來，早已講好了的。」當時我八九歲光景，父親在太原上學，只能由我這半大男子去把綠豆背回來。有了綠豆，還得把它磨成麵。祖母叮嚀我：「記住，你要先給姥姥報個喜。」上路的時候，祖母煮了兩個雞蛋讓我在路上吃。

　　去待陽村姥姥家要走三四里路，進村的時候，已是半前晌，我正要跨進姥姥家的大門坎，兩條狗猛地迎了上來，爪子撲到我的肩頭和胸脯上，狗認識我，本來是表示親熱，可我低着頭走路，被這突然的「襲擊」弄蒙了，驚慌失措，哇地一聲哭了起來。姥姥正好在院裏經過大門，聽到我的哭聲，趕忙跑了出來，問我，「成漢，怎麼啦，你媽怎麼啦？」我結結巴巴、上氣不接下氣地說：「我媽……我媽……」姥

姥一聽之下，以為我母親生孩子出了事，頓時號哭起來。走進院子以後，我揪揪姥姥的衣襟，說：「沒事，沒事，是喜事，我媽生了個三小子。」姥姥這才大喘了口氣，把我摟在懷裏說，「差點把我嚇死。」聽到姥姥的哭聲，家裏人都來到院子裏，曉得剛才發生的一場虛驚，都笑了起來，對我說：「個子老大了，膽子還這麼小，這點可不像你媽。」我自小神經異常的敏感，幾乎有點病態。當狗撲到我的胸前那一瞬間，我真以為是狐狸精的爪子在抓我。

姥姥知道我的來意後，親自帶我到存糧食的南房。我對姥姥說：「雜麵條還差半個多月的。」姥姥問我：「你能背多少？」我說：「一斗。」姥姥睜大眼衝我說：「一斗綠豆可比一斗小米沉得多。」我說：「背得動，背得動。」姥姥就用牛毛口袋滿滿地裝了一斗。姥姥勸我說：「你分兩次來拿不好嗎？累着了不好。」我說：「一次背，沒事。」我當時心想，這次不全背走，下次說不定就沒有了，我還想到，背一斗綠豆回去，家裏一定會喜出望外的。我自小不喜歡吃雜麵條，我嫌它噎得慌。但我卻喜歡看祖母跪在炕上精神抖擻地擀雜麵條的情景，咚咚的有節奏的聲音特別的悅耳。

我真沒想到綠豆竟有這麼沉。但既然誇了口，就決不反悔。一大袋綠豆壓在瘦削的肩上，死沉死沉的。姥姥把我送到大門口，說：「路上背累了，多歇幾回，路過你二姨家，好好歇一歇。」我說，「我不進她家門。」我怕二姨從口袋裏挖走幾升綠豆。

綠豆口袋壓在肩上，越背越沉，牛毛像鋼針似的扎透了夾襖，扎得皮膚生疼。夾襖幾乎汗濕透了。路過二姨的村

子，已經半後晌了。我拿定主意不進她家，但我剛呼哧呼哧進龍虎街，二姨就看見了我，問我背的甚麼，我說背的是綠豆，我媽生了三小子，雜麵條不夠吃。我二姨說：「坐個月子，還要一斗綠豆？」我跟她說，「你沒生過孩子，怎麼曉得夠不夠吃？」我故意氣二姨。她快四十了，還沒開懷。我一向認定二姨吝嗇，過春節，姥姥家團圓，我們孩子們給大人們一個個地磕頭，端端正正坐在炕上的大人，遞一個紅紙包給我們，總有十個八個大銅板，唯獨給二姨磕頭時，都不信她真給。我給她磕頭前，回頭看看，大聲說，「二姨，我給你磕頭了，你的紅包呢？我怎麼沒看見。」二姨說，「你先磕了頭再說。」我磕過頭，伸手向她要紅包，她說，「你們家孩子太多了，給不起。」我就跟她吵起來了。我大姨心善，說，「我替你二姨給。」我死也不要大姨給的，就要二姨的。那個春節，二姨到了沒給我們一個銅板。我二姨有一隻眼斜視，看人時，白的比黑的多，孩子們都沒拿到她的磕頭錢，跟她鬧，還說，「你那斜眼是瞅錢瞅斜的。」二姨家的資產比大姨家差點，來娘家拜年，大姨坐的是兩套騾子包絨布的轎車，一路上串鈴響得好氣派。二姨坐的是席篷車，是一頭一走三搖晃的老騾子駕着。我們一家是嘻嘻哈哈走來的。我二姨從來不讓我們搭她的車，怕把她的牲口累壞了。所以二姨一再讓我去她家，還說，「我不要你一顆綠豆。」我還是沒去。為了這件事，二姨一直氣恨我，說我心眼兒太多。

　　我好容易把一袋綠豆背到家，祖母立在門口等候我好久了，說再不回來就要我姐姐去找我。家裏人擔心我背不動

半斗綠豆，因為路途太長，而且上上下下的很難走。當祖母曉得我背回的是一斗綠豆時，又看看我的衣服都汗濕透了，面孔漲得通紅。她不但不誇獎我，反而把我罵了一頓，說，「一個大人也只能背這麼多，你怎麼不怕把你的骨頭壓壞？」我把綠豆放在大門口，祖母提了提，哪裏提得動。我準備背回屋子，祖母說甚麼也不讓我背。正好我姐姐出來了，我和姐姐兩人幾步一歇才把綠豆抬回屋裏。

背一斗綠豆的事，親戚們當作笑話談了好幾年，越談我越覺得羞愧，因為我這個嘴硬骨頭軟的半大男子漢第二天就發起高燒，骨頭痛，一直躺了十多天。雜麵條幾乎讓我吃了一半。

附記

　　本文完稿的前兩天，十二月四日下午五時，我的三弟史昭漢因病於甘肅天水逝世，活了五十八歲。我寫本文時，他正在嚥氣。嗚呼，人世間竟有如此奇巧的悲劇！這幾句「附記」，已歷史地成為《一斗綠豆》無法修改的結尾。

滹沱河和我

　　怎樣把文章寫得引人入勝，作者給了我們很好的示範。他不停地製造懸念，然後解開懸念；在解開懸念的同時，又製造新的懸念。整篇文章一波三折，緊緊抓住了讀者。

　　《滹沱河和我》的第一個懸念是，「為甚要把我跟滹沱河一塊説」。小孩子還沒見過滹沱河，頭腦中沒有任何概念，產生這樣的疑問很正常。

　　這個懸念在作者見到滹沱河之後解開了，原來，滹沱河「是灰灰的沙灘，無知無覺地躺在那裏，除去沙土之外，盡是大大小小的石頭」。他很失望。這樣就緊接着產生了第二個懸念：「我怎麼會像眼前的這個喊不應打不醒的滹沱河？」即便有姐姐的解釋，他還是將信將疑，保留着這個懸念。

　　因為突發大水，第二個懸念就要解開了。作者「感到了一種大到似乎聽不見的聲音」，「天和地因有它而變得異常地寂靜了」。這種聲音向作者顯示了滹沱河的真正威力。他拔腿就往門外跑，卻被祖母攔住。這樣就緊接着產生了第三個懸念，滹沱河的聲音我們知道了，那麼它是甚麼樣子的呢？

　　跑過關口，謎底最終揭曉了：「它不像水在流動，是一大塊深褐色的土地在整個地蠕動。看不見飛濺的明亮的水花，是千千萬

萬匹野獸弓起了脊背在飛奔，牠們由於飛奔，一伸一縮的身軀拉長了多少倍，形成了異常寬廣的和諧的節奏。滹沱河分成了明顯的上下兩部分。下面是凝重的水的大地，上面是飛奔的密密匝匝一色的野獸，牠們彷彿空懸地飛奔在水的大地上。」這是一幅宏壯闊大的景象。在它面前，人顯得微不足道。

文章幾收幾放，文筆搖曳。我們可以讀到作者對事物真相的執着探求。探求不一定立刻有結果，但是那種「深深地藏在心裏」的渴望，「隨時能走出來」，震驚世界。

從我三四歲時起，祖母常兩眼定定的，對着我歎氣，說：「你這脾氣，真是個小滹沱河。」每當我淘氣得出了奇，母親和姐姐也這麼說我。但從她們的話音裏，我並聽不出是在罵我，似乎還帶着點讚美；可她們那嚴正的眼神和口氣，卻分明有着告誡的意思。我真不明白，為甚要把我跟滹沱河一塊說。

滹沱河離我們村莊只一里路光景，當時我還沒有見到過滹沱河。甚麼是河，我的頭腦裏沒有一點概念。只曉得這個滹沱河很野，很難管束。真想去見見它，看我究竟和它有甚麼相同之處。我想它多半也是一個人，比我長得強大，或許只有他能管住我。

過了不多久，記得是個春天，我隨着姐姐和寶大娘帶着竹籃和小鋤到滹沱河邊挖野蒜，野蒜長在沙性的土裏。寶大娘是我父親奶哥哥喬寶的老婆，就住在我家院子裏一間小屋。寶伯伯在口外草地，隔三五年回來一次，我還沒見過。一路上寶大娘手牽着我，她沒有孩子，特別喜歡娃娃們。我問寶大娘和姐姐：「滹沱河是個甚麼模樣？見了它我怎麼喊它？」她們說：「不用喊，它又不是人。到那兒以後，你就曉得了。」她們的回答我還是弄不清楚。說真的，我長大之後，有誰如問我這個問題，我也難以回答。

當我們走向一片望不到邊際的曠野，寶大娘朝遠遠的前面指給我看：「那就是滹沱河。」但我並沒有看見甚麼，哪裏有滹沱河呀？那裏甚麼都沒有。那是灰灰的沙灘，無知無覺地躺在那裏，除去沙土之外，盡是大大小小的石頭。原先說的滹沱河是橫衝直撞的大水，眼前卻一點水都見不到。我

名家散文必讀系列・牛漢

感到異常的失望，滹沱河啊，你丟盡我的人了！我怎麼會像眼前的這個喊不應打不醒的滹沱河？

姐姐和寶大娘說說笑笑地在岸上的樹林子裏低着頭挑野蒜，我懷着滿腔的悲傷向她們說的滹沱河走去。我找尋我那個失落的夢，在滹沱河那裏尋找我心中的滹沱河。

我剛從岸上走下河灘，姐姐大聲地喊我：「不要去那裏，快上岸來。」我莫名其妙，不懂得岸是甚麼，沙土和石頭有甚麼可怕？我還是只顧往裏走。姐姐風一般跑下來，不由分說把我拽到樹林子裏，說：「就在岸上待着，不要下去，大水會把你沖走。」我瞪起眼睛問姐姐：「哪裏有大水？」姐姐對我說：「有，說來就來。」姐姐向我解釋：「幾年前，有人從河這岸到河那岸去，在沙灘上走，突然看見滹沱河來了。它高高立起，沖了過來，還沒來得及轉身，那人就被沖得沒影兒了。」

姐姐這番話說得我頭髮都格巴格巴地奓起來了。我懷着真正的恐怖朝着幾步以外的滹沱河望去，它真的說來就來嗎？從遠遠的左邊望到遠遠的右邊，那灰灰的沙和灰灰的石頭似乎都滾動了起來，看不到頭尾，我恍惚覺得滹沱河是一條其大無比正在飛動的蛇，這沙灘是牠蛻下來的皮，那數不清的石頭是皮的鱗。這時我才感覺到這沒有一點生氣的皮（不管它是蛇的，還是河的）跟在草叢裏曲曲折折飛動的蛇一樣的可怕。我知道，蛇說來就來，你還沒瞅得清，牠早已從草上躥走，滹沱河也一定能。

我沒見到滹沱河，但我真的已被它鎮住了。回家的路上，寶大娘牽着我的手，說，「啊喲，你的手這麼冰？」我

不吭聲。她們沒有想到我是被那個沒見過一面的滹沱河嚇的。不僅手冰，心都冰了，我自己知道。

回到家裏，我第一句話就問祖母：「我怎麼能像滹沱河？」祖母笑笑説，「你見到滹沱河了嗎？滹沱河是甚樣子你説説看。」祖母心裏一定曉得現在是看不到真正的滹沱河的。我説：「滹沱河是乾石頭乾沙。」「那不是河。」「河在哪兒呢？」「河還沒有來哩。」「那甚麼時候來？」「就像你的壞脾氣，甚麼時候來，誰也説不清，怕你自己也説不清。」祖母説的竟然與姐姐説的完全相同。現在我才明白她們為甚麼説我是個小滹沱河。

算起來是一九二九年的秋天，我已在村裏小學校讀一年級。一天，窗戶才透亮，我夢醒似的睜開了眼，彷彿被誰猛推一下，我首先感到了一種大到似乎聽不見的聲音，它應當是聲音，但天和地因有它而變得異常地寂靜了：一切已知的和熟悉的聲音都被它吞沒了。我問祖母：「這是甚動靜？」祖母小聲説：「大河發水了。」大河就是滹沱河。我一骨碌從炕上下到地上，衣服不穿，拔腿朝門外跑，一邊跑，一邊喊：「為甚麼不叫醒我？」「它半夜來的，它來誰也不知道。」這時，我似乎聽見全村的幾百條狗都在呻吟，哪裏是叫！我家的兩條狗正仰着脖子，但我沒有聽到叫聲，牠們的聲音被滹沱河吞沒了。狗也覺得奇怪，不叫了，縮着脖子伏在地上，兩隻耳朵直豎了起來。牠們並沒有見過滹沱河。那聲音，不，那滹沱河一會兒像是從深深的地下噴出來的，一會兒又覺得天空在打悶雷，像是從天上降落下來的。祖母又一次對我説：「這就是滹沱河。」這時，我雖還沒有見到滹

沱河，卻真的已感到它來了。這一片呻吟般的狗吠聲，村裏人遠遠近近的呼喚聲，平常誰的聲音我都能聽出來，此刻全分辨不出來了。還有，充滿整個空間的胸部感觸到的動蕩不安的氣氛……這就是滹沱河來了的氣勢。

祖母雙手伸開，攔着不讓我去。她哪裏能攔阻得住我，我不是個小滹沱河嗎？滹沱河的聲息越來越大，大水彷彿淹沒了我們的村子。我聽見有誰立在房頂上悶聲悶氣地喊，「後生們，快堵水去，帶上鐵鍬，帶上四齒鐵耙！」我當然是個小後生，照吩咐的扛上鍬，跑向大門外，人們全都朝大河那裏跑，我融進了人流之中……

前幾天，不斷下暴雨，今天並沒有雲，天卻令人感到是黑沉沉的，而且很低。我不歇氣地隨着大人們跑着，一過關頭（一段古城牆），赫然地望見了滹沱河，它不像水在流動，是一大塊深褐色的土地在整個地蠕動。看不見飛濺的明亮的水花，是千千萬萬匹野獸弓起了脊背在飛奔，牠們由於飛奔，一伸一縮的身軀拉長了多少倍，形成了異常寬廣的和諧的節奏。滹沱河分成了明顯的上下兩部分。下面是凝重的水的大地，上面是飛奔的密密匝匝一色的野獸，牠們彷彿空懸地飛奔在水的大地上。我所聽到的那淹沒一切的聲音，正是這千千萬萬匹野獸的狂吼，還有牠們踐踏的水的大地的喘息聲。

姐姐和寶大娘挑野蒜的那片樹林子已不見了，引起過我傷感和惶恐的灰灰的沙和石頭全都不見了，顯然都被滹沱河活活吞沒。我現在才明白姐姐說的岸是甚麼，岸是河時刻想吞噬的戰慄不安的大地，岸並不安穩。大後生們不准我和

別的小後生們走向岸邊，但我還是鑽過了赤裸的與滹沱河同色的脊梁和腿腳的柵欄，走到河的跟前。我覺得腳下的地似乎不由自主地撲向河，我伸手到混濁的河裏，我想摸摸滹沱河，它幾乎要把我揪到了它的懷抱，我感觸到了它強有力的手掌把我的手緊緊地握了一下。有一個漢子把我提起來，扔到人羣的後面。

姐姐來尋找我，她並沒有強迫我回家，死死地抓着我的手，立在一塊高地上，這高地我上回來時記得還有一個高粱稈搭的瓜棚。越過人羣，我看見岸邊的河，水上浮着一層木屑般的泡沫，這裏是一個彎曲處，許多勇敢的漢子從河裏用四齒耙撈起整棵的樹、淹死的羊、木椽、窗户、門扇，還有衣裳……但沒有人下到河水裏。

來到滹沱河跟前，我似乎沒有聽到任何聲音，連大人們的喊叫都聽不見，只看見他們張大的嘴和翕動的鼻孔，河的聲音變成為整個凝固不動的空間。

我第一次感到自己是多麼的渺小啊！

幾天以後，洪水消退，我去看了一次滹沱河，岸又顯出來了，石頭又露出來，滹沱河似乎沒有遠走，像是整個地陷落進了深深的大地的內部，它隨時能走出來。

滹沱河是我的本命河，它大，我小，我永遠長不到它那麼大。但是，我又能把它深深地藏在心裏，包括它那深褐色的像蠕動的大地似的河水，那戰慄不安的岸，還有它那充滿天地之間的吼聲和氣氛。幾十年來，每當瀕於絕望時，我常常被它的呼吼聲驚醒過來。

小栽根兒和我

導讀

　　這篇文章寫的與其說是「小栽根兒和我」的故事，不如說是「小栽根兒的聲音和我」的故事。以小栽根兒的聲音為敍事線索，文章穿起了一串友情，一段思鄉之情。

　　在「我」跟小栽根兒的聲音之間，有一種神祕的聯繫。只需遠遠飄來的小栽根兒的吆喝，就能把無論如何昏睡的「我」立刻喚醒。村裏的孩子都學小栽根兒吆喝，可只有「我」學得最像，有時候「我」直接替他吆喝。躺在病牀上的「我」要給小栽根兒畫像，也要一邊吆喝一邊畫。文章總是圍繞小栽根兒的聲音展開，文筆非常集中，絲毫不亂。

　　除「我」之外，全村人也生活在小栽根兒的聲音中。雖然他被不幸炸死，可是每到一早一晚，全村人總還能習慣性地聽到他的聲音。那也是人們對以前的安定生活的想念吧。因此，小栽根兒的聲音，不僅僅是一組簡單的吆喝，它已成了那種生活的象徵，它給人們帶來溫暖。

　　文章寫到這兒，寓意就自然而然地呈現出來了。能像小栽根兒那樣給人們帶來溫暖，是令人羨慕的——「我」寫詩的目的不就和小栽根兒吆喝一樣嗎？

　　文章寫小栽根兒吆喝的樣子很特別，「他戴着油膩膩的氊耳帽，繫一條很寬的黑布腰帶，吆喝時高高地仰起尖瘦的面孔，眼睛眯成一條縫，脖頸漲得又粗又紅，鼓起的青筋不停地跳動着。」幾下淡筆勾勒，神態畢現。

半個世紀以來，每當寒冬臘月，尤其除夕前幾個夜裏，不管當時我處於何種境況，總要油然地回憶起故鄉那個叫賣黃酒的小栽根兒，他的吆喝聲，令童稚的我異常着迷。如今我年屆七十，小栽根兒死了已有五十多年之久，但我一生不會忘記他，他那叫賣黃酒的溫甜的聲音已成為我心中不朽的鄉曲。直到現在，我仍然能學着他吆喝，只是聲音已蒼老不堪了。

小栽根兒姓甚麼早已忘記，栽根是他的名。祖母說，他爹娘撥溜打練地生的娃娃全是女的，最後才生下他這個後生。取名「栽根」是企望他為他們家族栽根立後。他戴着油膩膩的氈耳帽，繫一條很寬的黑布腰帶，吆喝時高高地仰起尖瘦的面孔，眼睛瞇成一條縫，脖頸漲得又粗又紅，鼓起的青筋不停地跳動着。他在小巷裏邊走邊吆喝：「黃酒噢，黃酒噢啊……」寒冷的夜和寒冷的心需要他的酒和他溫甜的聲音。

讓祖母驚愕不已的是，即使我早已睡得如死豬一般，只要小栽根兒的吆喝聲遠遠地隨風飄來，祖母還沒有聽到，我就突然地醒過來，並且隨着小栽根兒的聲音，忽高忽低地也吆喝了起來，我的聲音與小栽根兒的聲音融成了一條潺潺流動的小河。村裏的孩子都喜歡學小栽根兒吆喝，但只有我學得最像，幾乎讓人分不清真假。小栽根兒當年少說已有三十多歲，個子小得出奇，佩珍伯伯（全村個子最高）說他「比炕沿高一點比躺櫃低一點」，可他的吆喝聲卻是那麼地洪亮而清脆；真的，就憑他這口好聽的腔調，誰都會相信他的黃酒一定是甜而濃的。叫賣黃酒賺的錢，養活一家人很難。

村裏有句諺語:「人小聲洪,一輩子受窮。」指的就是他。他的吆喝聲,大人無法學,也恥於學,説是女聲女氣的。只有童音才學得像。小裁根兒知道我學他學得像,經過我家牆外,總有意多吆喝幾聲。我家從不買他的黃酒,我祖母每年冬天釀一甕子黃酒,釀得極醇,能當藥引子,村裏人都來我家討要。

有一年,我得了副傷寒,在炕上躺了八個月,病好了之後,每天清晨,用糞叉在肩頭挑一隻柳條筐,到官道上去拾牲口糞。我一整個冬天,能拾一大車糞。天麻麻亮,在小巷裏我常常碰見小裁根兒,把糞筐擱在牆根兒,我與他一條聲地吆喝。有幾回,他抽煙,我替他吆喝。有人問他:「今早晨,你的聲音為甚那麼大?」小裁根兒説:「成漢(我的名字)替我吆喝的。」誰都不信。我現在還記得一件事,我怕糞筐臭,熏了他的黃酒,把糞筐擱得遠遠的,小裁根兒説:「不礙事,吃草的牲口糞不臭,只有貓狗的糞臭。」我問:「為甚?」他説:「牠們跟人吃一樣的,人要只吃草,人屎也不臭。」這是我第一回曉得小裁根兒很聰明。也就是在炕上生病養病的那一年,我天天學畫。我畫的小裁根兒很像,而且是一邊學他吆喝一邊畫,長長地吆喝一聲,畫也就與吆喝一氣呵成了。我畫到他那豪放的大嘴巴時,正是吆喝到最大音量的一瞬間,因而嘴巴畫得特別有神。我這些年由於懷念他,常常畫他,還是一邊吆喝一邊畫,當年我沒有把畫給小裁根兒,覺得畫得太醜,現在真有點後悔。

一九三七年十月下旬,日本侵略軍打進了雁門關,父親帶着我逃離家鄉。幾十年來我以為小裁根兒還活着。前幾

年姊姊從故鄉來看我，說起小栽根兒和黃酒，我還為姊姊像小時候那樣吆喝了幾聲，姊姊說，很像，就是那小栽根兒的音調。我十分高興。我問小栽根兒如今的情況，她說，我在家時，小栽根兒已有三四個娃娃，日子過得還好，不幸的是，我離開家鄉那年冬天，日本飛機的一顆炸彈正好搗蒜似的砸在他的房頂上，全家老小六口都炸死了。就在當天的清早，他還在村裏叫賣過黃酒。小栽根兒起早搭黑在我們村裏吆喝了一輩子黃酒，一旦聽不到他的吆喝聲，全村頓時覺得天地啞默了。但是姊姊說，奇怪的事發生了，小栽根兒被炸死好久，但每逢早晚，村裏人都還能聽見他的吆喝聲：「黃酒噢，黃酒噢啊……」聲音真真的。一個人聽見或許還信（由於幻聽），全村人都聽見，真不好理解。村裏人說：「要是成漢在家，那準是成漢在吆喝，如今成漢不在，哪來的這吆喝聲？」村裏人迷信，認為是小栽根兒的冤魂不散。半年一年之後，吆喝聲才漸漸地消失了，像是飄到了遠遠的另一個世界。姊姊說，直到今天，村裏的老人還在講述這段神奇故事，它已經成為故鄉的民間傳說了。我姊姊並不聰明，她說當年為甚麼大家都聽見了小栽根兒的吆喝聲，「那多半是全村人想他想得入迷了。」我覺得姊姊說的很有意思。

　　我想，如果我現在回到故鄉，當除夕的深夜，學小栽根兒吆喝幾聲，村裏的老人們聽到了，一定以為小栽根兒的魂又回來了。其實，把我說成是小栽根兒的魂也未嘗不可，我寫詩還不是為了給人間一些黃酒般的溫甜嗎？

一窠八哥的謎

導讀

　　讀這篇文章，我們就跟着作者進行了一次探險。

　　在小孩子眼裏，一切不能得到的東西都是神奇的、魔幻的，帶有無限的吸引力。只能遠遠望見的小八哥，「四五張鮮紅的小嘴正張着」，就「像一束喇叭花懸掛在崖畔上，好看極了」。其實，真把小鳥放到眼前，倒未必有那麼「好看」。

　　見獵心喜，於是「我」就費勁心機地想掏這窠八哥。想想這個孩子一氣苦練一二十天的攀登，還屢次遭到鳥糞和髒土的襲擊，只為了實現這個目標，就讓人忍俊不禁，想笑出聲來。同時我們不由得為小八哥擔心，擔心牠們真的落到「我」的手裏。

　　彷彿怕我們擔心得還不夠，文章並不一下子告訴我們結果，而是專門拿出一段來增加緊張氣氛：「小八哥抖動着茸茸的羽毛，我聞到了奇異的鳥的氣味，再往上攀登三五尺，就夠着了八哥。」我們的心為小八哥的命運揪緊。作者很會控制文章的步點。

　　八哥忽然消失了。我們鬆了一口氣。想到竟然是大八哥把小八哥背着飛走，我們對牠們的頑強又平添了一份敬意。更讓人吃驚的是，小八哥也有可能是在災難面前一下子長硬了翅膀。這一點給了作者極大的震動，使他聯想到了自己的經歷。

　　從鳥説到人，作者從簡單的故事裏悟到了深刻的人生哲理。

我不是個養鳥的人。我連自己都養活不好，還養甚麼鳥？

　　小時候，只餵養過家鄉叫做「小雀兒」的鳥，就是麻雀。會唱的鳥沒有養過一隻。也許是受我祖母和父親的影響，他們説，天上的鳥飛着唱才好聽，養在籠子裏的鳥，唱得再好也聽着難過。但愚頑的我總還想逮一隻會唱歌的鳥。

　　天上過境的大雁，盤旋於高空的老鷹，牠們那淒厲而縹緲的聲音也許就是牠們的歌，不管是悲的還是喜的，由於太高遠，我聽不懂。牠們不是人類豢養的鳥類，只管自己唱，不是唱給人聽的。繞着村子低飛的鳥，都不會唱，比如鴿子、麻雀，還有喜鵲，只會吱吱喳喳，可能是離人間太近，都想學人話。這種鳥，以為自己會唱，唱給人聽，討人喜歡，絕不是真正的鳥歌。

　　我不會養鳥，卻有探險和獵取神祕事物的野性。有一年的麥收季節，聽説城牆上出現了一窩八哥，我在城牆下繞來繞去尋找。果然，聽到了一絲兒很稚嫩而清脆的聲音，似出殼不久的雛雞的叫聲。順着細微的聲音找去，終於望見了在高高的城牆上一孔洞穴裏，四五張鮮紅的小嘴正張着，像一束喇叭花懸掛在崖畔上，好看極了。我當下就想把牠們掏下來。但壁立的城牆太高太陡，無法攀登。八哥的窩在城牆的上方，用梯子夠不着，從城上用繩子縋下來一定可以掏着，但我不敢。我只能立在城牆跟前，仰起頭望着那一窩神祕的八哥。

　　記得父親曾對我説過，縣城牆最早是隋朝時築的土城，明朝時包的青磚。牆面上已經有一些磚朽爛成窟窿，很有點

像現在北京故宮東北角的那一段城牆，但比故宮的城牆似乎要高些。我異想天開，想攀登上去掏這窠八哥。

全村的孩子中，我最會爬牆上樹，我相信自己會手扣着腳蹬着那些孔洞往上攀登，總有一天能把這窠八哥掏到手。

我天天練攀登，苦練了一二十天，一天比一天攀登得高。小八哥的爹媽從天空嗖地一聲回到窠裏餵食，翅膀又黑又亮，在我眼前一閃而過，隨後從窠裏伸出頭，朝下望着我，吱吱地叫，我知道牠們在咒罵我。有幾次，頭髮上落了雨點似的鳥糞，還有髒土。我心裏明白，這是大八哥在對我進行反抗。

小八哥抖動着茸茸的羽毛，我聞到了奇異的鳥的氣味，再往上攀登三五尺，就夠着了八哥。

一天清早，我來到城牆下，感到有點異樣，沒有聽到小八哥的聲息。前幾天，我已聽出小八哥的聲音變得洪亮了起來，不再是嗷嗷待哺，而是牙牙學語，已經很像歌唱。八哥的歌，一定不同於鴿子那種柔媚而混濁的聲音，更不是麻雀粗糙的吵叫，也不同於村裏八音會上的任何一種樂器聲。

整個城牆顯得鐵青鐵青，千瘡百孔，像死了一樣。我頓然明白，八哥一家已經飛走了，已經移居到不可知的遠方。

叫賣黃酒的小栽根兒告訴我，他看見天亮前後，有一朵黑亮的雲彩，向滹沱河那個方向飛走了，那一定就是八哥一家。我傷心地趴在城牆上哭了半天。我知道小八哥還沒長到該出飛的時候，牠們如何在大鳥翅羽的扶托下逃到了遠方，真是一個猜不透的謎。我為牠們擔憂。

我曾在村子上空看見過成千上萬隻蜜蜂嗡嗡叫着，扶托着牠們不會飛的蜂王，像金黃色的雲朵從天空飛過，後來落在我家院子的老槐樹上，父親用塗了蜜的大笊籬，把抱成團兒的蜂，小心地收了下來，於是我家有了一窠蜜蜂，養在西房的屋頂上。

　　我想連那麼小的蜜蜂都能扶着蜂王飛，那窠小八哥一定能夠讓自己的父母扶托着飛走。但是我不大相信牠們能飛得很遠。我在村裏村外到處尋找，也沒有發現八哥的蹤影。牠們究竟飛到甚麼地方，難道真的飛越過了滹沱河，飛到了二十里以遠的北山上？是的，一定飛到了那個鬱鬱葱葱的鳥的世界。

　　過了好多天，在村邊碰到小栽根兒，他問我：「找到了嗎？」我說：「還沒有。」我請教他：「那三四隻小八哥，翅膀還沒長成，怎麼能飛走？」小栽根兒毫不遲疑地說：「兩隻大八哥背着孩子飛走的。」我驚奇地問：「怎麼個背法？」他說：「小八哥緊緊咬着牠們爹媽的背，不能咬翅膀。只能是這個背法。」他彷彿親眼看見似的。我還是半信半疑。原來這幾天，小栽根兒也在村裏村外找這一窠八哥，他不是為自己，是為了我才找。他對我說：「你找得太誠心了。」

　　我這一輩子不會忘記這窠小八哥。而且直到現在也不明白，牠們在大難臨頭的時刻，如何能神奇地飛到了遠方？

　　前幾年，有一個詩人聽我講述這個故事，沉思了一會兒，對我說：「是小鳥自己飛的，在災難面前，翅膀一下子就會長大長硬。」

我有點相信這個解釋了。

真的，是小八哥自己飛走的。我怎麼會想不到這一點？

在大災大難面前，我也曾有過這種突然之間從生命深處爆發出神力的經歷。

小張老師（節選）

導讀

寫人要想寫好，關鍵是得抓住人的特點。不需面面俱到，只要把特點突出出來，這個人物就能躍然紙上。

這篇文章對小張老師的描寫，突出的就是他的「冷」。面孔冷、走路靜、衣服乾淨，不聲不響地走到人背後，讓人難以察覺，小張老師總體上就像一個沒有生命的幽靈。寥寥幾筆，讀者就能獲得很鮮明的印象。

為了進一步落實這種印象，作者又精心挑選了背書和值班這兩個事件進行細緻的講述。背書時，小張老師似乎在沉睡，實際上卻非常清醒；值班時，小張老師只點起一個香頭，也能使學生不敢造次。他彷彿一直都是缺席的，但事實上始終在場——他沒有溫度，他以缺席的形式在場，這正是小張老師使人覺得特別不舒服的地方。

老張老師與小張老師形成了強烈的對比。通過次要人物的陪襯，文章中主要人物的形象也能更加突出。這篇文章引入比較的角度，就起到了這樣的作用。老張老師的相貌，我們不得而知。但是我們讀到他專注的神態、洪亮的聲音和抖動的鬍子，就會覺得這是一個很有人情味的人。他對待調皮學生的態度，不是一打了之，而是訴諸諄諄教誨。指導「我」臨摹顏體字，更是拳拳之意可感。老張老師的「有情」，很好地襯托了小張老師的「無情」。

　　我上山西定襄縣立第一高級小學時，有兩位張老師，一位是老張老師，一位是小張老師：大家都這麼叫。我得先說說老張老師，然後集中憶述小張老師，這篇回憶主要是寫後者的。

　　老張老師本名張夢九，是我祖父的同窗好友，就因為這點關係，他待我特別的親切。生我那年，祖父已死了六年。老張老師教書法和國語，國語只承擔一部分任務，他教我們學普通話。正式課文由小張老師講。現在還記得老張老師教普通話時專注的神態和洪亮的音調，有一段普通話他宣讀得異常有韻味：「盆兒呀，罐兒呀，我的老婆伴兒呀。」每當他抖動着鬍子唸到這一段，學生們就哄堂大笑。我是班上最頑皮的學生之一，老張老師有一隻手有六個指頭，家鄉人叫他「六指」，在大姆指的一側，多出一個小型的指頭。他在黑板寫字時，「六指」總是顫顫搖搖的，十分活潑。有一次，老張老師在教室裏從我身邊走過時，我忍不住用手摸了摸他的「六指」。老張老師回過頭來，我已裝作沒事人似的端坐着。但老張老師看看身後幾個學生，斷定是我幹的惡作劇。他對着我說：「史煥文的孫子，站起來！你又在胡日鬼。」我乖乖地站起來，低頭默認了。老張老師讓我說說為甚麼對他的「六指」發生興趣，我說：「我以為它沒有知覺。」「沒有知覺就該作弄它？」我說：「我常常摸我奶奶的脖子後面的兩個瘊子，奶奶說沒知覺。」引得同學們又笑了一陣。老張老師讓我坐下。他回到講台上，對大家說：「記住，嘲笑人的生理缺陷最沒出息。」父親後來聽說我幹的惡作劇，把我狠狠地訓斥了一頓，領着我到老張老師家當面

賠罪。老張老師讓我臨顏體字，說：「你祖父喜歡顏真卿的字。他說寫顏體字，能使人的性子穩重點。」老張老師一眼看出了我缺乏這種氣質。

現在我來說說小張老師。小張老師總是板着冷冰冰的面孔，他的面孔彷彿是琉璃的，掛不住任何表情，也刻不出皺紋。人瘦小，但很精幹，走路不出一點聲音。他立在人的背後，好半天，你都覺察不到。穿着一身家做的布衣裳，總是乾乾淨淨的。他講語文課，要求每個學生絕對會背，每天早自習期間，全班學生輪流到他的住處背課文，每天有十來個學生。小張老師頭朝外躺在被窩裏，誰都不知道他是醒着，還是真睡着。他仰面朝天，兩隻耳朵支棱着，讓人感到他即使沉入夢鄉，耳朵也是醒着的。過早謝頂的發光的頭顱衝着學生，像一個沒有五官的臉，油亮油亮的，比他那有五官的面孔還要可怖。枕頭旁邊有一盒印泥，還有一枚用粗石筆刻的「圖章」，背完之後，由學生自己在課文題目上面蓋上章，誰也看不清上面刻的甚麼，因此誰也無法仿製。有一次，一個學生只背了課文的頭尾，正準備離開，小張老師咳嗽一聲，說：「站到一邊去！」有時候，他輕輕地打着呼嚕，學生以為他睡得很沉，背完後，拿起「圖章」多蓋了幾個章，小張教師突然從被窩中伸出手來，把學生的手抓住，說：「站到一邊去！」每天早晨總有兩三個「站到一邊」的學生，看着小張老師慢騰騰地起牀、穿衣服、洗臉、漱口，然後小張老師坐在椅子上抽水煙，一袋、兩袋、三袋，一句話不說，之後，他拿起戒尺，讓這幾個學生伸出手，一個個把手平放在桌面上，他揮起戒尺往下抽打，不過兩三下，學

生不但手心紅腫起來，手背關節處也被打出了血。打完以後，小張老師一句話不說，一揮手讓學生離開。我被他這樣懲罰過一回，手至少痛一個禮拜。記得我伸出右手，小張老師說：「換成左手。」他知道，挨過打的手幾天不能握筆寫字。他似乎還有幾分人性。每天晚上兩節自習中間，老師輪流帶領學生在院子裏唱《月明之夜》、《麻雀與小孩》等流行歌曲，老師站在大成殿前的祭禮台上跟大家一塊唱，一百多個學生清脆細嫩的歌聲特別動聽，夜深人靜，全城（城周只有三里十八步）都能聽見。小張老師值班時，從來沒有看見他站在大成殿前面一次，他總在學生隊列的後面，悄無聲息地走着，照例咳嗽幾聲，發揮他的震懾作用。有時他根本不到場，叫老校役點一根香頭，放在西廂房的窗台上，讓人相信，他正站在這裏抽水煙，學生們一看見點着的香頭，真覺得香火頭旁邊有一個憧憧的人影，便規規矩矩，不敢造次。我高小畢業的那年，小張老師到太原兵工廠幹事去了。兵工廠廠長張書田是他本家，他們都是神山村（詩人元好問晚年的別墅所在地，神山又名遺山）的人。

買年畫出醜記

這是一篇很有意思的文章，它表面上寫的是「出醜」，其實寫的是「出彩」。

文章所謂的「出醜」，其實是「我」在年畫大集上，弄髒了過年的新衣。但是作者之所以仰面摔倒，是因為看年畫太入神；之所以弄髒新衣，是因為為了保護手中的年畫，採取了「鯉魚打挺」的起身方法。看作者寫得多麼生動：「肚皮朝上一挺，雙腳先伸後收，腳前掌使勁朝地面一蹬，身子隨着就挺直了。」我們眼前彷彿躍動着這樣的一幅畫面。

為甚麼「我」寧願弄髒衣服，也不願弄髒年畫？帶着這個問題，我們就發現文章的第二段不是閒筆。作者仔細寫了父親對年畫的痴迷和特殊的審美趣味，看上去跟「我」的出醜並無密切關係。而看到了「我」出醜的原因，我們就知道，沒有父親對美的喜愛，也就沒有兒子捨棄新衣保護年畫的「壯舉」。這一段的描寫，既表達了對父親的懷念，也使故事帶有歷史的深度。

歷史的深度也與作者個人的思考有關。文章最後，作者又把「出醜」事件放到自己的整個人生中加以審視。值得慶幸的，是他始終擁有鯉魚打挺的手段，「只不過身上臉上沾了點灰而已，最多留下一兩個疤痕，一點沒有傷筋動骨，人好好的，心靈還好好的」。因為他寧願弄髒衣服而仍要保護的，就是一顆愛美的心靈。

　　城裏有一處叫畫市的地方，並沒有一家畫鋪，每年的臘月間，才形成一處賣年畫的集市，其他三百二十多天與畫毫無關係，但平時人們還叫它畫市。畫市以一個十字路口為中心，在文廟不遠的南面，不是個商業區，比較清靜和開闊。

　　父親年年在臘月二十幾的一個晌午，帶我來買年畫，還置辦別的年貨。父親自小喜歡畫畫，他選購年畫時看了又看，挑了又挑，很少有他真的欣賞的畫。他一邊觀看一邊給我小聲地評論着畫的技藝。他偏愛自然風景，但他總要買幾張胖娃娃畫，專給祖母和我們孩子們住的大屋貼。他和母親住的屋子多半只貼一張風景或複製的國畫山水。祖母說，那不是年畫，不熱鬧，過於雅靜，貼到和尚廟合適，還說我祖父也是這個不懂過年要吉利的歪脾氣。父親很愛窗花，每年都買厚厚的一疊，還分一些貼到他在縣立中學堂的那間住房的窗戶上。父親從一九三四年起，在這所中學教語文和地理，之前他一直在鄉村教小學。他繪製的風箏全縣出名。

　　記得有一年我在畫市出過一回醜，一輩子忘不了。當時我只有十歲光景，只顧看懸掛在牆上的年畫，沒有留心坎坷泥滑的腳下。臘月天氣還很嚴寒，地面本來結着一層冰雪，被看畫的人們踏得泥濘不堪。我正好在十字路的中央，畫市人最多的場合，仰面朝天跌倒。我雙手高高舉着年畫，大聲喊我父親快來攙扶我起來。可我父親遇見了一個熟人，在離我較遠的地方神聊，我接連喊了十幾聲，仍不見父親來，急得流出了淚水。我知道要爬起身，雙手必須得托地，手裏的畫一定會弄髒了。我一籌莫展，傻乎乎地，高高地舉着畫。不知哪來的一股勇氣，我想何不來個「鯉魚打挺」，手不沾

地蹦起來？我真的蹦了起來。這個本事，我才練成不過兩個月，居然能肚皮朝上一挺，雙腳先伸後收，腳前掌使勁朝地面一蹬，身子隨着就挺直了。手裏的年畫好好的，後背和後腦勺卻沾滿了濕漉漉的污泥，我穿的又是過大年的新衣，心裏非常難過。但看畫的人為我久久地喝彩。這時父親朝我過來，說：「沒有摔壞吧？」我說：「畫沒摔壞，衣裳弄髒了。」父親望着我的窘相，說：「人家並不是欣賞你的鯉魚打挺才喝彩，是看到你這副泥猴似的樣子才叫好哩！」我想父親說的也許有道理。那天全畫市只有我一個人看畫發呆，摔成了這個醜樣子。

我一生在眾目睽睽下現的醜相不知有多少回，後來的許多回，比起小時候在畫市上摔跤的窘相來，真不知要「轟動」多少倍，但每一回，我都以鯉魚打挺的姿態蹦了起來，只不過身上臉上沾了點灰而已，最多留下一兩個疤痕，一點沒有傷筋動骨，人好好的，心靈還好好的，像一張嶄新的年畫似的，掛在一堵歷史的大牆上面。

接 羔

　　這篇文章可以分成三個部分，環環相扣地鋪陳開來。第一部分以一個問題開頭：「羊羔，多半在黑夜出生，不知甚麼緣故。」用一個對照展開：「羊跟人一樣，生孩子也多半在黑夜。」結論是：「不論人，還是甚麼生物，在黑夜出生，比白天要平安些；一個生命從母腹出世，就該是悄悄地，決不可聲張。」

　　由這個結論就轉入了第二部分。作者把人的出生和羊羔的出生並列起來，用落雪的安靜和祖母的鄭重烘托生命降臨的莊嚴。結論是：「下雪安靜，生命出生需要安靜。」

　　由這個結論又轉入了第三部分。作者依次寫了祖母的守候、母羊的期待和自己的胡思亂想。等他一覺醒來，謎底已然擺在他面前：「羊羔雪白雪白，怔怔地望着陌生的我。」結論是：「這莊嚴，靜靜地，默默地，來自祖母，來自黑頭母羊，來自大自然的聖潔的心靈。」是啊，每個生命都是大自然神聖的饋贈。面對這種饋贈，人怎麼可以不存敬畏之心？

　　「羊，跟人一樣，生命是莊嚴而美麗的。」文章最後正面表達了這種敬畏。這是一篇情深意切、結構精巧的好文章。

羊羔，多半在黑夜出生，不知甚麼緣故。我問過祖母幾回，她不願回答這個問題；不是不理睬我，從她莊重的神情使我感到似乎她説了我也不會明白。

有一次，我清完了羊圈，墊上乾土，把要生羔的黑頭羊安頓在一個比較乾爽的角落。祖母誇獎了我，才含含糊糊地自言自語：「羊跟人一樣，生孩子也多半在黑夜。」祖母沒有説「生羊」，説的是「生孩子」，我覺得應當這麼説。祖母説得自自然然，卻很有道理。

不論人，還是甚麼生物，在黑夜出生，比白天要平安些；一個生命從母腹出世，就該是悄悄地，決不可聲張。

聽家裏人説，我是後半夜出生的，幾個弟弟也都出生在黑夜。四弟紅漢出生的那個夜晚，正當三更天，我記得清楚。大雪在窗外靜靜地落着，沒燈的屋裏，顯得微微泛白，彷彿黎明時的光景。祖母穿着齊齊楚楚，進進出出，沒有一點響聲，由於夜深寒凍，祖母清臞的面孔上泛出罕見的一點紅潤。我不敢出聲，在半醒半睡中，隱約聽到了隔壁母親屋裏四弟落到綿綿土上時哇哇的哭喊聲。

雪落了一夜。那一夜，我睡得異常深沉，彷彿被光潔的雪深深埋沒。一醒來，看見祖母像一尊神一般坐在炕頭上。她已經把一個生命接到了人世上。我走到她身邊，她睜眼，望望我笑了，笑得十分美好。

祖母的話説得真準，黑頭羊生羔也在半夜，而且那一夜雪下得很大。下雪安靜，生命出生需要安靜。

祖母早幾天已經令我抱了幾抱麥秸擱在我們的房子裏。那幾天，她讓我幹甚麼，我乖乖地幹甚麼。我特別聽話。祖

母比平常説的話更少，不斷地去羊圈觀看母羊的情況。那幾天，她夜裏沒有進被窩睡，像生四弟時那樣穿着齊齊楚楚，坐在炕頭上，寧神靜氣地諦聽着羊圈那裏的動靜。嚴寒的冬夜，圈裏的羊咩咩地叫得很淒慘，很像人的哭聲，飢寒總是相連着。夜裏須餵一頓夜草，都是祖母起來餵的。

生羔的母羊，夜再寒凍，牠也決不咩咩地哭喊，像懷孕期的女人那麼安寧那麼充滿信心地在期待着。我一個人悄悄地去看過待產的黑頭母羊，牠安生地臥在那個角落，用濕潤的眼睛一閃一閃地望着我，牠認得我。我們家的貓狗都認得我。

我不敢對祖母説，我要幫她一塊兒接羔。夜那麼寒凍，祖母身體一向很瘦弱，有嚴重的胃病，她能承受住這麼多的家務嗎？我夜裏醒過來時，聽見祖母忍受疼痛發出斷斷續續的哼哼聲。聲音很微弱，她生怕驚醒了安睡的孩子們。

那個夜晚，預感到母羊要生羔了，我跟祖母一樣清楚，但我曉得我不能插手，只能安安生生地鑽進熱被窩裏佯裝着已經入睡，在黑沉沉的夜裏，我睜着兩眼，諦聽着神祕的生命誕生的動靜。我真想聽聽羔羊出生時的第一聲哭叫，牠出生後的那一刻，眼睛是怎麼睜開的，是牠自己睜開的，還是像大狗那樣用舌頭舐開小狗的眼睛？牠是怎麼站起來的，又是怎麼找到母親的奶頭？我在期待中入睡，仍然像被埋沒在光潔的深深的雪地裏。醒來時，我看見屋裏的地上，母羊在麥秸上臥着。小羊偎在母羊的懷裏，祖母為牠們從灶膛裏掏出的一堆熱柴灰還沒冷卻。

黑頭母羊和牠的孩子在屋裏整整地休息了一天。羊羔雪

白雪白，怔怔地望着陌生的我。我真想去摸摸牠，但我沒有去摸，不是不敢，是覺得不該摸牠。幾天來，我被一種莊嚴厚重的氣氛所震懾。這莊嚴，靜靜地，默默地，來自祖母，來自黑頭母羊，來自大自然的聖潔的心靈。

羊，跟人一樣，生命是莊嚴而美麗的。

玉米漿餅

導讀

　　作者寫玉米漿餅，卻先誇獎了故鄉的土豆和玉米棒子。而且，還是借一位日本學者之口進行的誇獎。欲揚先抑，由此引入玉米漿餅這種食物。他聲稱，玉米漿餅比玉米棒子要更有特點，「天下第一」。第一段就弄出了很多玄虛。讀者都期待玉米漿餅的登場。

　　可是，實際登場的是高粱麵。顏色怎麼變的，質地怎麼硬的，「我」又是怎麼抱怨的，寫得有滋有味。作為一個對比，到第二段結尾，好歹出現了玉米棒子。玉米棒子還不是玉米漿餅，第三段的一大段又把玉米棒子解釋了一番。

　　到第四段，玉米漿餅終於登場了，而文章已經進行了一半。作為重頭戲，玉米漿餅的描寫當然要很出色才行。我們讀到了奶汁般的漿、薄薄的雪白的玉米衣、手心窩兒一樣翻着的邊兒，那味道，自然一定是原生的香氣和土裏吮吸來的靈氣並存的了。這段末尾部分非常新奇的擬人手法，更是全篇的亮點——我們看到，玉米竟然會「醒悟」，會「報復」，它真是可愛的精靈。

　　作者是一個抖包袱的高手。一層層抖開，最亮麗的東西才展露在我們面前。

去年八月間，日本詩人秋吉久紀夫教授冒着暑熱，到我的故鄉走了一趟。他對中國現代詩很有研究，已譯過馮至、艾青等人的詩集。他正在譯我的詩，他想看看我的出生地，看看野性的滹沱河。故鄉的縣領導熱忱地款待了他和他的文靜的夫人。他回到北京後，在一個集會上我見到了他，他對我說的第一句話是：「定襄的玉米土豆太好吃了！」他特別欣賞我家鄉的玉米，「有生以來還沒有嚐到過如此香的金黃透亮的玉米棒子。」我對他說，我家鄉的玉米棒子當然值得讚美，但還有一種玉米漿餅比玉米棒子更有特點，我在別的任何地方沒有見過，可以說「天下第一」。

童年時，我的故鄉主食是高粱麵。高粱窩窩出籠的當天，色澤紅得鮮亮，第二天就變成深褐色的，蒼蠅落在上面看不出來。我吃夠了，但無可奈何，常常用筷子敲得窩窩頭梆梆響，並且調侃地笑唱着：「莢子窩窩，我疼愛你，我真不忍心吃了你！」見到新煮的玉米棒子，我咬牙切齒地說：「我真恨你，恨不得一口一口把你咬碎了吞到肚子裏。」逗得全家人快活地笑了。

回想起來，祖母在院子裏柴鍋上煮一大鍋新掰的玉米棒子，滿院子飄溢着香噴噴的氣味，一窩孩子們坐在槐樹蔭裏眼巴巴地等着揭鍋，那情景至今令人神往。但是玉米還有另一種做法，我更愛吃，由於製作起來麻煩，一年只吃一回。新收的玉米棒子堆在院子裏，大致可分成三類：顆粒掐不動的擱到一邊，曬乾磨麵；七成熟的，粒兒掐着有彈性，煮着吃；剩下的一類是一掐一包水的。這最後一類數量不多，製作漿餅，蒸着吃。

　　漿餅製作起來挺麻煩，先把嫩嫩的粒兒小心剝下來，盛在缸裏，祖母坐在院子裏，用小磨磨成稠稠的奶汁般的漿。我們孩子們早已把選好的玉米衣（最裏層的那一片）送給祖母，這薄薄的雪白的玉米衣，邊兒像手心窩兒似的翻着，又像芥子園畫譜裏水邊的小舟，我們用手掌心托着一片玉米衣，祖母用勺子把玉米漿一勺一勺盛在裏面，我們屏着氣，像端着甚麼寶貝，輕輕地把它擺在鍋裏的箅子上。大火只蒸一會兒就熟。孩子們小手托着燙手的玉米漿餅，大口大口地趁熱吃着，比玉米棒子要鮮嫩得多，不用狠嚼，它自自然然地順流到了嗓子眼兒，玉米的全部原生的香氣，以及從土地裏吮吸來的靈性一點沒有變異。這漿餅蒸好當下就吃才痛快，隔一天便發僵了，走味了。玉米被活活磨成漿，又活活地被我們飛快地吞吃，玉米還沒有醒悟過來，第二天它明白之後，就實行報復，香味逃走了大半，變得十分僵硬，讓人嚥得非常的困難。因此，祖母一再叮嚀：「快吃，敞開肚子吃！」祖母有胃痛病，不能多吃甜食，在玉米漿餅裏加些鹽和葱，我一口不吃。

　　玉米漿餅城裏或集市上沒有賣的，只能在自己家裏即興地一氣呵成地製作。真像寫一首抒情詩。離開家之後，再沒有吃過玉米漿餅了。

　　玉米漿，大地的稠稠的奶汁啊！

柳芽，春的清香

導讀

　　文章開頭寫得非常好，短短的兩段，立刻就把讀者帶入了柳芽的世界中。這個世界，綠色「像霧一樣在流動」，同時還散發着淡淡的、帶着苦味的清香——色、香、味，佔全了。

　　作者下面就是緊扣這三條做文章。柳芽的色，在樹上是嫩黃，染到手指上，是青青，泡到水裏，是淡綠。但它的香氣和苦味，始終不變。它的香氣和地氣一樣，預示着天氣即將轉暖。它的苦味既是柳樹憤怒的抗議，也是享用它時必需的代價。而且，苦味總是和香氣相伴，彌漫在空氣中、院子裏、脣齒間。

　　更重要的是，柳芽帶來了春的消息。禿手伯聲稱要聞夠了再吃，父親喜歡調味前就吃。家鄉人把吃柳芽當成了不可或缺的風俗，只有「吃了柳芽兒菜，憋悶了一個冬天的心身才覺得爽快了起來」；只要吃了柳芽兒菜，「嚴寒的冬天就結束了」。它的功能和迎春花一樣，它的色、香、味，也是春天的色、香、味。

　　作者對柳芽的苦味情有獨鍾。滑膩的榆錢蒸麪，他不喜歡，除非拌上野蒜。但那就是辛辣的東西了。這些地方，很能看出作者的性格。春天，不光是清香的，也應該帶點苦味。

我的家鄉沒有迎春花，也沒有別的花報春，是柳芽的清香送來了春的訊息。

滹沱河邊有幾棵柳樹，綠得最早，那綠像霧一樣在流動，遠遠地能聞到淡淡的芽葉的清香，有一點點苦味。家鄉的春天不是甜的。

一過大年，秀生伯伯說地氣有點變暖了。我問他：「怎麼知道的？」他說：「聞到了。」「聞到了甚麼？」他嘿嘿地笑笑，說：「你到地裏去摸摸土坷垃，仔細聞一聞就知道了。」他不過說說而已，沒想到我真的到地裏摸了摸土坷垃，有一點兒發潮，但卻聞不出甚麼地氣。村裏人把我聞土坷垃的事當笑話說了好久。我相信秀生伯伯一定聞到了一種氣味，從大地發出來的。父親一定也能聞到。我為甚麼聞不到？唉！我只能聞到空曠的田野上飄流的柳芽的香氣。

祖母對我說：「柳樹出芽了，趕快去揪一籃子柳芽兒回來。」遲一天去揪，柳芽就變成柳葉了。我家年年吃一回柳芽兒菜。柳芽的味兒非常特別，跟甚麼味都不一樣。吃柳芽菜並不是為了吃香，它已經成為代代相傳的風俗。

我跑到滹沱河邊，爬上一棵柳樹，河岸上的樹多半是歪歪倒倒的，很好攀登。柳芽兒剛剛長出了一兩片還沒有張開的嫩黃的芽葉，不能用手捋，只能一個一個地揪。不要看它那麼柔嫩，那麼幼小，指頭使點勁兒才能把它揪下來。最好用指甲掐，手指頭染得青青的，發出濃烈的刺鼻的苦味。聞到這味兒，真不想吃柳芽菜了。這苦味兒一定就是柳樹的語言，在不停地咒罵我。每揪下一個嫩芽，樹枝就苦痛地顫動一下。柳樹畢竟是個弱者，如果它能伸出拳頭，必定要猛擊

我的頭顱。我不住手地揪，整個樹冠都顫動起來，發出瑟瑟的哀鳴。我整整地揪滿了一竹籃。記得有一年吃柳芽菜的時候，父親說過一句話：「柳芽兒還應該更苦些，那人就不敢吃它了。」父親總是說些古怪的話。我有點領悟了。

祖母把柳芽立刻浸泡在瓦盆裏，一夜過去，盆裏的水變成淡綠色的，必須不斷地換水，接連浸泡兩天，盆裏的水才變清。禿手伯曉得我家做柳芽菜，特地多挑了兩擔水。我幫着祖母換水，淡綠的水在陽光的照射下，異常地光采，潑到院子裏，整個院子充滿了柳芽兒的苦香味。祖母把柳芽兒在大鍋滾開的水裏焯一下，撈出來晾一會兒，調上些鹽和醋就可以吃了。祖母讓我送一小碗拌好的柳芽菜給後街的禿手伯。禿手伯正蹲在家門口刺溜刺溜地喝稀粥，他高興地說：「扣在我的稀粥碗裏。」禿手伯把鼻子湊近柳芽菜聞了好久，說：「我聞夠了再吃它。」

村裏人說我的父親是個怪人，吃東西都跟別人不同，還沒有等祖母把柳芽菜調上鹽和醋，他就抓一把放在嘴裏，嚼得津津有味。我吃驚地問父親，「苦不苦？」父親快活地說，「不是苦，是香。」等我長到七八歲時，我也學會了白口吃柳芽，當然是浸泡了兩天之後的。是的，第一口有點苦味，等吃兩口之後，便滿口是清香，再感不到甚麼苦味了。加上醋和鹽，吃起來還是滿嘴柳芽兒的清香，甚麼調料都壓不倒柳芽的香味。

家鄉人每年春天不吃幾頓柳芽兒菜，就彷彿過大年沒吃餃子。吃了柳芽兒菜，憋悶了一個冬天的心身才覺得爽快了起來。吃柳芽菜之後不久，每年還吃幾次榆錢，拌上蓧麵，

在鍋裏蒸熟，我們家鄉叫「傀儡」，我不喜歡吃，覺得太滑膩，只有拌上野蒜我才吃，父親不拌上野蒜他也不吃。

離開家鄉已經半個多世紀。每到春天，我總要想到柳芽兒菜。柳芽有着春的清香，吃了柳芽菜，嚴寒的冬天就結束了。

你吃過柳芽兒菜嗎？不妨嚐一嚐。

送牢飯和公雞打鳴

這篇文章給人留下最深印象的是公雞打鳴的部分。

作者對公雞鳴叫時的形象的觀察很仔細。雞冠、羽翎、頸部的羽毛各自的表現，都被他捕捉到了。難得的是，他還注意到了公雞的趾爪，「有力地向下抓着，不論泥土或岩石，都能夠感觸到公雞鳴唱時極度的躁動」。沒有身體各部分的協調配合，公雞的鳴叫就不會那麼高亢嘹亮；同樣的，沒有認真細緻的觀察，作者對公雞的描寫就不會這麼到位，他對公雞打鳴的模仿也就不會那麼逼真。我們看，他也要「揚起脖頸，使出全身的力氣」，「臉紅得像關公」，讓心肺、喉嚨、四肢都興奮起來。所謂「氣有浩然」，只有對身體的全方位調整，才會有這種「生命整體的合唱」。

更重要的是，學公雞打鳴的三舅是一個堅定的革命者，為三舅學公雞打鳴的作者後來也成長為一個堅定的革命者。於是，公雞打鳴就帶有了深刻的寓意。為甚麼像公雞那樣鳴唱時還迸出眼淚？文章最後反問道：「你敢說在黑沉沉的黎明之前，打鳴的公雞鳴唱時難道不流淚？」

那種仰天長鳴的姿態，不正是革命者充滿希冀地呼喚黎明的生動寫照嗎？

一九三五年，已記不清是甚麼季節，三舅牛佩琮在我們家鄉被捕，是被當時北平當政的頭頭何應欽派來的密探在定襄縣汽車站抓的。那天姥姥有事去忻縣，三舅去送，沒有料到早有人盯上了他。三舅當時是清華大學經濟研究院很活躍的學生，《清華週刊》的主編，中共地下黨員。由於他受到進步教授的掩護，何應欽在北平幾次要抓他都沒有抓到。三舅在朱自清先生家的樓上躲了幾天，逃到了日本，幾個月之後，潛回家鄉，在東力村大姨家裏平平安安地住着。

我當時在城裏高小讀書。數學老師齊雨亭是三舅的岳父，把我叫到他的寢室，異常冷靜地對我說：「你三舅昨天被捕了，不知是不是已解往北平，還是暫時關押在定襄的監牢，我不好去打聽，你趕緊找你父親去問問，回來把情況告訴我。」我立即請假到縣立中學去找父親。縣中在舊晉昌書院，離高小不遠，我一路飛跑着，剛爬上高高的台階來到縣中大門，就碰到了父親，一塊回到他的寢室，父親不像齊老師那麼沉着，還沒有開口說一句話，就當着我的面哭了。

我平時很愛哭，三舅又是我崇拜的長輩，卻沒有跟着父親哭，主要因為我年紀小，不知道事情的厲害。父親說：「昨天早晨我已有預感，上廁所把褲腰帶掉進了糞坑。」父親說幾天前三舅託人送來一包書讓他收藏起來，其中有英文版的《資本論》，父親當天就把書帶回西關家裏，藏在黑娘住過的那間黑洞洞的屋子裏，埋在煤堆的下面。

齊老師是個很古板的人，父親比他消息靈通，知道三舅羈押在縣看守所，不會過多久，就得解到北平去。當時我的老爺（外公）還活着，是縣稅務稽徵局的局長，一個很有

權勢的紳士，他當天就花了錢，買通了看守所和北平來的密探，使三舅免受皮肉之苦。

三舅在縣裏關了不到一個禮拜，那幾天，我請假，回到家裏住，為的是給三舅天天送兩頓飯。看守所的飯不如豬狗吃的（十年之後，一九四六年在漢中牢裏，我也領教過）。母親讓我在城裏肉鋪割了幾斤羊肉，祖母擀了白麵麵條。羊肉臊子湯麵，盛在一個黑色的有提手的瓷罐裏，我小心地提着。臨走時，祖母一再叮嚀我：「千萬不能跑，穩着腳步走，小心灑了。」可我的性子急躁，穩不住腳步，一路小跑，我覺得跑得已經夠穩了。幸虧瓷罐口扣了一個碗，沒有灑得太多，但還是從罐口蕩出了不少油湯，把褲子弄髒了一片。祖母埋怨我：「為甚麼要跑？」我說：「不能慢慢走，羊肉湯一涼，就不好吃了。」

有生以來第一次踏進看守所的大門，立在門口，我大聲喊叫：「我是來送飯的！」一個老頭認得我，因我常到稽徵局看望老爺，稽徵局在看守所斜對面。老頭兒很客氣，立刻把三舅叫了出來，三舅從深深的裏院默默地走來，沒有上鐐，面色顯得發黯，聽母親說，在車站被捕時，他與幾個探子廝打了一陣，被綁了起來。三舅身體本來異常得結實，是清華大學的足球隊隊員，如今他笑得都不似以往那麼爽朗了。他對我說，他頭天裏沒睡覺，被跳蚤咬的，第二天換了一間乾淨點的牢房。

第三天，母親跟我一起送牢飯。母親怕我又把羊肉湯灑了出去，飯罐由她提着，可她比我還性急，一路走，一路灑。我在後面直提醒她，她似乎沒有聽見。母親讓我跑着去

南門甕城裏買五個油酥燒餅，家鄉叫做「油饃饃」。我買到新出爐的，飛一般地跑到看守所，油饃饃一點沒涼。我見了三舅，説：「先吃油饃饃。」三舅一連吃了三個，説：「真好吃，押到北平，就吃不上了。」

母親在看守所門口一見到北平來的探子（看穿戴就知道不是家鄉人），衝着他們破口大罵：「我這個三弟弟，是世上心最好的人，你們來抓他，造大孽，這輩子都不得好死！」探子並沒有生氣，笑着説：「我們是奉命辦公事，下輩子變貓變狗也由不得自己。」母親要進看守所裏，看看住的條件，幾個探子攔着她不讓進，她跟他們吵了一頓。我直催母親：「不要吵了，羊肉麵條涼了。」三舅説他已經吃飽了，羊肉麵條讓我們帶回家自己吃。我們當然不肯。三舅端起罐子咕咚咕咚喝了幾大口濃濃的羊肉湯。這點細節我一直沒有忘記。還有一個細節我也一直記在心裏，三舅摸摸我的頭，突然説：「成漢，再為三舅學一次公雞打鳴。」我毫不遲疑，仰起脖頸，使出全身的力氣，像真正的公雞似的鳴唱了起來。我學得非常像，接連鳴唱了幾遍。最後一遍，三舅跟我一塊鳴唱，鳴唱得十分盡興，三舅鳴唱得流出了眼淚。

後來，三舅關在太原監牢時，聽説常常為同屋的犯人們學公雞打鳴。三舅一定是帶着企盼黎明的心情學公雞打鳴的。

我自小為甚麼喜歡學公雞打鳴？我想得很單純，第一，公雞叫得好聽，有氣勢，鴨、鴿子、麻雀的叫聲，都不能和公雞高唱時的激情與聲音相比。第二，學公雞打鳴，必須使出全身的力氣才行，不論心肺，還是喉嚨，甚至四肢，都得

一塊興奮起來，是一次生命整體的合唱，而不是僅僅從喉管發出的聲音。學公雞打鳴，渾身感到痛快。我看見公雞鳴叫時，雞冠充血，發着紅光，羽翎一根一根地直豎起來，並且抖顫不已，連頸部細密的羽毛也向四周威武地伸展開來，讓抑止不住的激情充分地、不受阻擋地發洩着，這樣聲音才能傳播到遠遠的地方。如果你心細，還能看見公雞的趾爪有力地向下抓着，不論泥土或岩石，都能夠感觸到公雞鳴唱時極度的躁動。我學公雞打鳴時，三舅説我的臉紅得像關公，兩眼直冒火。回憶起來，這些感悟，童年時，只能直覺地感受到一些，直到後來，我痴迷地寫起詩，才更深地理解了公雞鳴唱時的激情和深厚的內涵。

三舅被押解到太原，關進牢裏不幾天，母親跟着也去了。母親為三舅天天送牢飯，還縫了上鐐的囚犯穿的褲子，因為睡覺不能下鐐，褲腿必須分成兩片，睡覺時可以脱下來，白天用帶子把兩片褲腿緊緊繫着。三舅離開定襄看守所時，我正在學校，沒有能送他。也許是悄悄地被押走的，誰也無法知道他是怎樣離開自己的故鄉的。

十年之後，我因參加民主學運被捕，囚在陝南漢中省立第二監獄，有一個定襄籍的老鄉為我送過幾回牢飯：一海碗肉絲炒榨菜，夠我吃好幾天。母親穿着一身黑布衣裳，從天水來漢中探監，本是來收屍的，她聽説我的腦袋被砸爛，人當然活不成了。一見我還活着，母親隔着兩道鐵柵欄，望着我咯咯咯地笑了好一陣。我跟她一塊笑。我們母子一直沒有哭一聲。當時我寫了一首詩《在牢獄》，記下了這個難忘的場面。

一九四六年春天，三舅在晉東南根據地，我想他多半會在《解放日報》看到了我被捕的那條消息。他當然不可能為我送牢飯，但肯定想過我當年為他送牢飯的事。不知他是不是想到我在獄裏還學不學公雞打鳴？我真的在陰濕的牢裏，學過幾回公雞打鳴。鳴唱得比童年時更為嘹亮，每天當黎明時候，我像真正的公雞，站立在黑洞洞的牢門內，使出全身的氣力鳴唱。我也像三舅那樣動情，鳴唱得流出了眼淚。公雞打鳴有時也會激動得流出眼淚，我相信。曾聽人說過，鳥類不能流淚，公雞當然不會流淚。但是你敢說在黑沉沉的黎明之前，打鳴的公雞鳴唱時難道不流淚？

離別故鄉

　　離別故鄉的人是甚麼心情？作者的回答是，沉重。正是這種心情，使文中所寫的種種往事有機地統一起來。

　　每個人的童年記憶都應該是深刻的、牢固的。然而在作者的記憶中，童年卻變得模糊不清，他能夠寫出的，只有童年在心靈上留下的重量和一束束光芒。文章開始就奠定了沉重的基調。

　　送別兒孫的祖母，是心情沉重的——她一邊烙餅，一邊默默流淚；恨不能讓兒子把四季的衣服都穿在身上的母親，是心情沉重的——她特意在兒子的棉褲襠裏，「一塊一塊地」縫進銀元。雖然要離家遠行的不是她們，但她們的心早就隨着即將離別的親人走遠。就要離開故鄉的父親，是心情沉重的——他近來總是異常沉默；連遠遠的炮聲也彷彿很沉重——「悶悶地響着，彷彿不是從空中傳來的，是從很深的地下鬼鬼祟祟地冒出來的」。

　　只有不諳世事的「我」，未曾想到生離死別的分量，大聲告別。但是，當年的愚稚後來化為深深的悔恨，悔恨也是沉重的。

　　父子兩人就這樣沉重地走了，他們在路上備嘗艱苦卻幸存下來。是狗皮褲子暗暗保佑着他們。而裝褲子的包袱，「我」剛一提起，就覺得很沉。祖母的愛是厚重的，也是沉重的。

讓人動容的還有父親的眼淚。這淚水「把雪燒出了密密的深深的黑洞」。是啊，「淚居然有那麼大的重量和穿透的力量」，因為它也帶着父親對故鄉沉重的眷戀。

　　基調的統一使這篇文章形散而神不散，帶有很強的藝術感染力。

一向以為，童年活在心靈中，不管想不想它，絕不會棄離自己，它是屬於自己的天地，隨時可以全身心地融入它的境界。可是這一次，主意要好生寫寫自己的童年，卻引起我無限的傷感。童年與我之間，竟然有了前所未有的茫茫的距離。這裏說的距離，不是地理學上的可以丈量的含義，它近似疏遠或淡化，是一種心靈上茫茫然的感覺。我遠遠地看到了一個模糊不清的自己的影像，我向它走去，懷着虔誠和信任，可是，不是越走距離它越近，而是越走越遠了，它遠出了淡出了我的記憶。童年像一個燦爛的星座，黃昏（「黃昏」之前，我有意略去「生命」二字）之後，本該它出現，卻無聲地隕落了，就落在自己的心靈上。感到了它以往的重量和光芒，卻很難從心靈上再升起那個完整而美麗的星座，照亮自己的生命。因此我至多只能寫出童年在我心靈上留下的重量和一束束光芒。是的，連一九三七年十月末，在日本侵略軍的炮火聲中，離別家鄉和親人的情形，我都無法詳盡而清晰地錄寫出來了，這還不令人傷感嗎？

那個晚上，全家人只有我和兩個弟弟跟平時一樣睡覺，其他人都整夜沒有合眼。祖母為父親和我出遠門準備乾糧，用文火烙了七八個有油鹽的厚厚的白麵餅，有點像西北高原的「鍋盔」，只是略小點薄點。走口外草地的人，上路都是帶着這種經吃經餓的餅。祖父年輕時走歸化城（今呼和浩特），祖母也是烙的這種餅，夠十天半月吃。我還從來沒吃過這種乾糧，它的特點就是「乾」。揉進油鹽才有點發酥，否則難以咬動。窮人家烙的餅，只有鹽，沒有油，怕咬不動，烙之前，就把生餅虛切得棋盤似的，吃時掰一塊下來，

正好塞滿嘴巴，噙好一會兒，口水泡軟才能嚼碎，因此十分耐吃。

祖母那天烙了一夜餅，十歲的妹妹幫着她。多少年後，妹妹告訴我，那天晚上，祖母一邊烙餅，一邊默默地流淚，可能想起她死去多年的丈夫。她已經有多少年沒烙過這種乾糧。那天祖母烙餅時，油用得很多，隔壁金祥大娘聞到了油香氣。第二天上午，她來我家，一進院就嚷嚷：「哎呀，你家有甚喜事？」聽說我母親把她狠狠剋了一頓。兩個不懂事的弟弟曉得家裏烙了油鹽餅，向祖母哭鬧着要，但祖母沒有留一張餅下來。

母親為父親和我準備行囊，她在我上路穿的棉褲襠裏，一塊一塊地縫進十四塊銀元。聽說我三舅父牛佩琮在太原坐牢時，母親為他縫囚犯專用的帶着腳鐐能脫能穿的那號棉褲時，就絮進了幾塊銀元，以備急用。

後半夜，祖母叩我的門，她用戴頂針的指頭叩擊門框的聲音特別響（烙餅的同時，祖母還縫補一條狗皮褥子，所以戴着頂針）。上初中以後，我就住在與羊圈為鄰的半間小屋，一向睡得很死，祖母喊我半天才醒過來，「成漢，快起來，你聽，炮響得越來越近啦。」我有生以來，還沒有聽到過大炮聲，坐起來，感到一種很悶的聲音，像遠方的雷朝這裏滾動，炕有些顫動。

我走到院裏，遠方有密集的槍聲，響得很脆，格外令人恐怖，彷彿老天在做噩夢咬牙。父親正兀立在院子裏聽動靜。他說：「還遠着哩，多半在忻口一帶，詩人元好問的老家離那兒不遠。」不久之前，父親為我講過元好問的詩。

母親讓我換上遠行的衣裳，恨不得四季衣服全讓我一層層地穿上。穿棉褲時，母親才對我說：「褲襠裏絮了十四塊銀元，萬一你和父親被沖散了，你就一塊一塊拆下來花。但不到萬不得已，不要動它。」母親這番話也是說給父親聽的。父親嗜酒如命，花錢多。

父親說：「天一亮就動身。晚了，村裏人見到要問長問短。」

當時，全家人或許只有父親一個人心裏明白，這一走很難說甚麼時候能回來。他在縣立初中教史地和語文，天天看報，當然曉得這一次抵抗日本侵略的戰爭不同於以往的國內軍閥混戰，那最多不過幾個月，這一回，誰也難以預測。父親近來常常默不作聲，主要由於心情的沉重。

當時，我的頭腦簡單，不理解人世間還有生離死別這種事。我心想，跟父親出去走走，去大地方開開眼界，起碼能進省城太原轉轉，到一個地方躲一陣子就可回來。我連想都沒有想過，一個人怎麼可能與自己的故鄉和親人永遠地分離。

那幾天天氣晴朗，凌晨有點寒意，牆角的蟋蟀叫聲開始沙啞。父親沒有穿平常穿的長袍，換成了對襟棉襖，看上去有些陌生，像城裏公義生油鹽店掌櫃的老頭。父親右肩頭背着包袱，挺大，我一隻手拎着乾糧。中秋節才過了一個多月，家裏存的月餅全讓我們帶上了。隔着包袱都聞到「五油四糖」的月餅味，一斤麵粉揉進五兩油四兩糖（當時一斤為十六兩）。月餅是我母親親手製作的，她捨得多放油和糖。祖母可從不做這麼貴重的吃食，她平時只想盡辦法把活命的

高粱麵做得有滋有味，用油是一滴一滴用的。

全家人默默地把我們送到大門口。祖母走到我身邊，摸摸我的棉褲，說：「薄了點。」母親說：「等到穿厚棉褲那時，人還不回來？」她的眼睛瞪得很大，像是質問父親和我。

父親常出遠門，一家人過去也就是在大門口分手的。甚麼美好的祝福的話都沒說，全家人面對面地比平時多站了一會兒。父親在前面走，我習慣地在他後面跟着。我憋不住回過頭眨了眨眼睛，對妹妹說：「後天我可就在省城了！」要是平時，我這麼說，妹妹總要回嘴：「臭閨女不值錢，你和爹是全家的命根子，誰能比！」今天，妹妹彷彿突然長大了，甚麼話沒說，兩眼淚汪汪的，她也許在心裏還為我能出去走走高興哩。

街巷裏沒有一個行人。遠方的炮聲還在悶悶地響着，彷彿不是從空中傳來的，是從很深的地下鬼鬼祟祟地冒出來的。當父親和我快拐彎走進另一條街時，聽見妹妹飛快地跑到我跟前，對我說：「祖母讓你回去一下。」我隨着妹妹踅回到大門口，父親立在街口等着，默默地望着立在大門口的母親和妻子。我看見祖母眼裏噙着滿盈盈的淚，但並沒有哭出聲，她的眼窩很深，淚水聚着不易流下來。祖母的眼睛年輕時又大又亮。她用粗糙的手習慣地在我面頰上撫摩一下，說：「快到大屋去，把炕頭上一個包袱帶上。」我心裏奇怪，為甚麼剛才不帶？回到大屋，靠窗口的炕頭，放着個包得方方正正的包袱。我一摸，知道包的是狗皮褥子。其實不用摸也聞得出來。如果是現在，我是絕不會拿的。當時我

只覺得祖母生怕我們在路上睡在露天的地裏受了風寒。我回到大門口，祖母指指狗皮褥子對我說：「出村之前，不要對你爸說。」她怕兒子不肯帶。這張狗皮是我家前幾年老死的那條狗的，讓村裏劉春毛家鞣製過，毛長絨厚。祖母腰腿患有嚴重的風濕痛，她每年的冬春秋三季都離不開這張狗皮褥子，只有暑熱天才不用它。包袱提在手裏覺得很沉，我感到了祖母的厚重的愛。

回到街口，父親可能沉溺在悲傷之中，並沒問我手裏拿的是甚麼。拐彎時，父親還是沒有回頭。他一回頭，一定哭出聲來，他怕傷了母親與妻子的心。我可知道父親的這個脾氣，他的心不硬。要是母親帶我遠行，將是另一番情形。我回過頭，朝祖母和母親大聲地喊：「我走了，我走了！」聲音裏沒有一點兒真正的悲傷，沒有就是沒有，我不會作假。半個世紀之後，我才深深悔恨自己那種今生不能原諒的愚稚的行為。祖母和母親站在家門口，像平常一樣，沒有招手，沒有祝福。母親的嗓門大，用哭腔衝着父親和我的背影喊了一聲：「過大年時一定回來！」我回過頭喊了一聲：「一定回來！」父親不敢回頭，只把頭低低地垂下來，腳步放慢些。

然而自那以後，由於種種原因，我再沒有返回家鄉。這原因，本來想不說，考慮再三，還是應當說幾句。五十年代初，工作繁忙，抽不出工夫；一九五五年之後的二十五年間，由於成了「反革命」，還是不回去為妥；八十年代，父母早故去，家鄉幾乎無親人了，老屋成了廢墟，不願回去憑弔歷史，今生只想在記憶中保持心靈的平衡。父親建國以後從西北高原回去過兩回，見到了不少親朋好友，卻沒有能再

見到他摯愛的母親。祖母已於一九四三年病逝。

離開故鄉後，父親和狗皮褥子沒有分開過，到一九六一年他逝世之前，一直鋪在他的身子下面。絨毛早已磨損得很薄很薄了，可是在流寓他鄉的極困難的日子裏，它仍能給父親以難以比擬的溫暖。一九五九年，年近六旬的父親被錯劃為右傾機會主義分子，在荒寒的隴山上背了兩年石頭，累得吐血不止。平反之後，人已瘦成一把骨頭，不到半年就去世了，埋在隴山的一個山坡上，狗皮褥子仍鋪在他的身子下面。葬埋父親的地方，隔着藉河正對着北山坡上的李廣墓和杜甫遊歷過的南郭寺。這個風水地方是父親生前選定的。

在剛離家那一年，每到一個住處，父親總是把狗皮褥子橫着鋪上，這樣兩個人的腰部都能貼着暖暖的毛皮，不容易受風寒。從介休縣到風陵渡，是坐的太原兵工廠拆遷機器的沒篷的敞口火車，父親和我夾在機器縫隙中間。父親說：「天冷，千萬不要把臉和手貼着機器，會把皮黏下來的。」我摸摸機器，的確有點黏手，不，簡直是在咬人！感到異常恐怖。天黃昏時，火車正經過韓侯嶺，行駛得慢，被一架敵機發現了，追着火車朝下不停地掃射。槍彈打在機器上的響聲格外地淒厲，四處濺着火星星，我不敢睜眼，父親死死摟着我。後來聽說那是架偵察機，如扔下幾顆炸彈，我們坐的火車必定遭到毀滅。那天後半夜裏，下起大雪，冷得睡不着，也不敢入睡，時刻擔心日本飛機來轟炸。人夾在機器中間無法活動，凍得臉腮木木的，父親打開行李，把狗皮褥子取出來，裹着兩個人的肩頭，才感到一點暖意。就在那天夜裏，在機器縫裏真凍死了幾個人。天亮了，我看見人們把幾

具屍體抬下列車，凍死的人是蜷曲的，臉和手被機器「舔」得血糊糊的。那個情景至今仍歷歷在目。祖母的狗皮褥子被槍彈（也許是四濺的火星）穿了一個洞，父親和我卻奇跡似的毫髮無損。父親説他當時聞到了一股燎毛的氣味。

　　從風陵渡過黃河時，父親和我沒有能擠到同一條船上，我坐的船小一點，那天有風，滔滔東去的黃河浪很高，我坐的船快到岸時翻了。幸虧我自小會游泳，還能在濁浪中掙扎着。我被惡浪劈頭蓋臉地打入了浪的底層，穿着厚厚的棉衣，渾身動作不靈，幾次沉了下去，又浮了上來。生命幾乎永遠地沉沒了。當我浮到水面時，看見波浪翻滾的河流上，有一道道彎彎曲曲的血的斑紋，是溺死的人從心肺裏嘔出來的鮮血。後來，我被一個老水手救上了岸。我一口氣跑上了一個很陡的山坡，看見一個夯土的拱門，門楣上赫然有三個大字：「第一關」。恍惚到了另一個世界。我真的走過了人生的第一個關口？！當時正是冰天雪地的十二月，正如艾青在《北方》那首詩裏寫的寒冷。（艾青的這首詩，正是寫在我渡黃河的那個月的潼關。）上岸後，穿着濕透了的棉衣裳，走了幾個鐘頭才找到了失魂落魄的父親，我被黃河向下游沖了十幾里遠，他以為我多半被淹死了，父親和我都哭了。結了冰的衣裳外面硬得嚓嚓作響，走起來十分困難。貼着身體的那一面，卻又融化成水，順着前胸後背和腿部不停地朝下流淌着。就這樣不停地走了幾十里路，父親説不能停，一停下人要凍壞。到了潼關，住在一間民房裏，我還是挺不過去，發高燒好幾天，父親日夜守護着我。最後出了一身汗才好了起來，身子下面的狗皮褥子被我的汗濕透了。我

難過地説：「我祖母的狗皮褥子淹壞了⋯⋯」

十四塊銀元還縫在棉褲襠裏。

一九三八年春天，父親去醴泉縣做事，我一個人留在西安，叫賣報紙糊口，捨不得拆下一塊銀元花。有一天，看到街上貼着一個廣告，說民眾教育館內辦了一個漫畫學習班，正在招收學員，我從褲襠裏拆下了兩塊銀元去報了名。後來聽說教畫的先生中有詩人艾青。我哪裏曉得，那時我只迷畫，還沒有迷上詩。只記得老師中有一位叫段干青，因為他是山西老鄉故記住了。不久我徒步到了天水上學，又從褲襠裏拆下兩塊銀元配了一副近視眼鏡。剩下的十塊銀元我全拆下來交給父親收着。

沒過黃河之前，總覺得腳下的地與家鄉連着，每條路都能通到我家的大門口。渡過黃河，有一天與父親坐在潼關積雪的城牆上，隱隱望見河北岸赭黃色的隆起的大地，才第一次感到真正地告別了自己的故鄉，黃河把一切與故鄉的真實的聯繫都隔斷了。父親哭了很久，熱淚滴在積雪上，把雪燒出了密密的深深的黑洞，淚居然有那麼大的重量和穿透的力量！半個多世紀過去了，我仍能聽見父親的熱淚落在積雪上的沉重的響聲。黃河雖然沒有把我的生命吞沒，可是我的童年從此結束了，黃河橫隔在我面前，再也回不到童年的家鄉。童年，永遠隱沒在遙遠的彼岸了。

苦香的，柳笛聲聲

導讀

這是一篇詩情濃鬱的散文，也許可以說是一篇散文詩。

題目首先就很優美。苦香、柳笛，都是散發着詩歌氣息的詞匯。而且，本來苦香的是柳笛，不是柳笛的聲音。可是從字面搭配上看，作者使用了通感的手法，直接用苦香來形容柳笛的聲音。這種別出心裁的手法，給人特別的美感。

文中形容詞的大量運用值得注意。我們看到了很多疊音詞：長長、幽幽、縹縹紗紗、涼滋滋……這些疊音詞點綴在文章裏，彷彿聲聲柳笛繚繞不絕，彷彿苦香味道始終留在脣齒間。作者在用詞上好像是有意與題目裏的「聲聲」和苦香相對應似的。

文中還有許多比喻。作者把柳笛聲比作鳥，「張着強大的翅翼，穿越時空不息地飛翔着」；比作花開，「此起彼落的聲聲柳笛像純白的杏花似的綻開在空曠的荒原上」；看作人的創作，「是孩子們借着柳枝的細管吹出生命的青春的氣韻」。柳笛的聲音，由此化為具體可感的形象，與人的生命產生了牢固的聯繫。

作者在字裏行間的深情歸結為文章的最後一句話：「真的，寫詩太像吹柳笛。」是的，《苦香的，柳笛聲聲》證明了這一點，它是作者模仿聲聲柳笛而寫就的一首詩。

我的家新搬來這個少有鬧聲的遠郊區，心境頓然趨於寧靜了。這幾天深深地陶醉在西班牙散文大家希梅內斯[①]的《小銀和我》的明淨而帶有一些寂寥的鄉情之中。沉醉的同時，不知何故，油然地使我想起失落久遠的故鄉和童年，而且想到了淒清的柳笛聲。在耳朵裏，不，在心靈裏，夢一般飄來了柳笛長長的聲息。此刻它正在幽幽地響，在心靈裏撩動。這幾乎忘卻了的鄉音，聽起來似乎很遙遠，又很近，越聽越響亮。它顯得異常歡欣，因為飄蕩過千山萬水之後，才找到了我這顆它一直眷念着的心靈。

　　柳笛或許是人世間最簡單的笛聲，只有一個音調，一個不變的節奏，但它又是人世間最純淨而富有魅惑力的聲音。童年時，它讓我迷戀，半個多世紀騷響地過去了，各種聲響敢說都聽到過，但只一個音調的柳笛，幽幽的霧一般縹縹緲緲的聲音卻是我一生忘不掉的一些聲音中最奇特的一種。它張着強大的翅翼，穿越時空不息地飛翔着。

　　我的故鄉在苦寒的雁門關內，春天是寂寞的。但到了農曆三月天，滹沱河邊的柳枝變軟變綠時，就能聽到此起彼落的聲聲柳笛像純白的杏花似的綻開在空曠的荒原上。笛音因柳枝粗細而有低沉與尖細之分。不論尖細與深沉，那聲音都散發着苦香。當你把柳笛抿在兩脣間，舌尖頓覺涼滋滋，清爽極了。從柳枝沁出的碧綠的有黏性的液汁使你的口腔充滿

名家散文必讀系列‧牛漢

---

① 　希梅內斯（1881—1958），西班牙詩人，1956 年獲諾貝爾文學獎。散文詩集《小銀和我》描寫了作者與故鄉的一頭小毛驢小銀相親相依的純真情感。

了苦味的清香。這苦香味只屬於柳笛。那就鼓起胸膛吹吧。吹柳笛必須使出全生命的力氣，而且覺得自己的生命也變成了一管細長的柳笛。笛音只不過是孩子們借着柳枝的細管吹出生命的青春的氣韻而已。於是笛聲浸透了少年的血熱與柳枝的苦香。

最使我難忘的是，當我把柳笛吹裂，笛音變啞了，只好戀戀地把它棄掉，但是脣舌上留下的苦香味仍依依不捨，半天不會消失。這一天你不論說話，不論哭笑，不論唱小曲，你的聲音都帶着柳笛的苦香味。柳笛多情。

柳笛的苦香而帶有黏性的聲音，半個世紀過去了，仍幽幽地飄響在我的心靈上。它的附着力特強，如故鄉的膠泥地。真希望我的生命再變成一管細長的柳笛，佈滿裂縫的生命，即使吹不出圓潤的笛聲，也能向人世間吐出些生命的熱血氣與柳笛的單調的苦香味。

真的，寫詩太像吹柳笛。

含羞草的冤屈

導讀

用文字準確地捕捉個人情緒的轉變是很難的。《含羞草的冤屈》對個人情緒轉變的刻畫細膩、緊湊，令人印象深刻。看作者遇到含羞草地之後的表現，從「狂奮地奔去」，到「本能地仰面躺了下來」，到「頓時惶恐不安」，到「着了魔似的向含羞草的腹地跑去」，情緒上有一系列劇烈的波動。這一組變故眼花繚亂，不光作者本人，讀者也幾乎沒反應過來。作者把注意力完全投注在這種波動和變故上，文字不分段，一氣連下來。密集的節奏逼真地再現了作者當時的感受，給人身臨其境的感覺。

等文章的節奏緩和下來，我們和作者一起看到了草地上「一個個洞穴似的蹤跡」和「一個大大的人形」。一系列的情緒波動在這幅畫面上定格，作者的動作也在此時戛然而止。

接下來，作者沉入了理性的思考。動作停止了，思考卻沒有停止。「我」深深地為自己對聖潔草地造成的傷害而羞愧，同時也為含羞草抗爭命運的精神而欽佩不已。含羞草收斂葉片，正是它在侵略者面前保護自己的獨特方式，人們沒有權利嘲笑它。尊重自然，尊敬生命，這是文章所要陳述的觀點。

由劇烈的情緒波動到冷靜的理性思考，從文章的整體節奏上說，這就是張弛有度。

　　必須先說明白，這篇文字，不是童話或寓言，也不是借題發揮的雜感，是根據我的一次經歷寫的。其中有一些玄想，也許超越了物質世界，現成的語言難以規範它的不定型的內涵，只能如實地記下當時的感悟。

　　十年前，正值亞熱帶火辣辣的夏季，我有過一回海南島之行。我忘情地徜徉於五指山下，無意中闖入了一大片（事後估計面積有一平方里）野生的含羞草。本來是想越過它到遠遠望見的一條溪流去沖沖涼，萬萬沒有料到竟侵入了一個屬於聖潔生命的世界。事後人們對我說，我踐踏了含羞草。由於受生物學命名的影響，我一向莫名其妙地把含羞草歸入生物界的女性類。因此，冒犯了含羞草使我真正羞愧得無地自容。我一生不能原諒自己。

　　當時，在我的面前展現出一色茸茸的青草地，它的袒露而靜穆的、非人間的氣度，一下子將我鎮住。我感到它似乎不僅只是一片蔥鬱的草野，而是我求索多年的幻夢中的境界。我禁不住地朝它狂奮地奔去，恨不得立即匍匐在它神祕的胸懷之中。而那條在遠遠的前面用明亮的眼瞳召引人的溪流，我已完全忘在腦後。當我踏上這陌生的境界的第一步的剎那間，覺得腳下有異常的動感，近於蠕動或震顫。「這草地會動！」我幾乎喊叫起來，身子不由自主地晃悠着，像是觸及到甚麼動物的有彈性的肌膚。為了不致使軀體和心靈失去平衡，我本能地仰面躺了下來，並且舒適地把四肢伸展開。我高聲地歎了口氣，甚至想唱一支山歌。但是我的沉重的頭顱、肩背、腰身，以及體內的所有器官，特別是心臟，有着微微向下沉落的感觸，我頓時惶恐不安，正如科學哲學

家波普爾^①說的，想擺脫對未知事物的恐懼，我想立即站起來，當時以為站着比躺着要安全。可是掙扎幾回都未成功。草並不高，腳底卻踏不到實處。這種異常的感觸，我曾經歷過一回，那還是七十年代初，深夜在向陽湖的草叢中走着，陷入一片隱祕的沼澤地，幾乎送了命。遇到這類危難，只能猛跑，一站定人就陷落下去。我終於從含羞草不平靜的胸懷裏站立起來，我頭腦發蒙，不是朝外逴返，而是着了魔似的向含羞草的腹地跑去，跑了很遠，仍沒有擺脫掉腳下的沉落感。偶爾回過頭望望，在我剛走過的夢境般的草地上，赫然地出現一個個洞穴似的蹤跡，有如凹印上去的，再往前看，我躺過的地方，深深地還躺着一個大大的人形，彷彿我將自己的軀殼留在那裏。確切地說，它是我的生命的輪廓。我居然有那麼龐大！我恍惚沉迷在夢遊中。幾十年來，我一直患有頑固性夢遊症，我下意識地感到可能又犯病了。我在含羞草的領域一定奔跑了很久很久。

當地一個牧童把我喊叫了出來。他指着面前的被我踐踏得千瘡百孔的草地說：「這地方不好隨便進去，連牛都不肯進去。」他的口氣十分嚴肅，他又解釋道：「牛低頭想吃它，用舌頭怎麼也捲不上來，草葉從牛的嘴邊鬼一樣溜了！」難怪附近的曠野上只有這一大片草地既平坦又豐美，像神聖不可侵犯的國土。

① 波普爾（1902—1994），英籍學術理論家、哲學家，批判理性主義的創始人。主張經驗觀察必須以一定理論為指導，而理論不能被證實，只能被證偽。

　　我的腳蹤，我的人形，過了幾個鐘頭仍烙印般地呈現在含羞草的肌膚上。我羞愧地垂下頭，我的罪惡的蹤跡對這一片聖潔的草地的傷害有多麼的深重啊！草葉的眼瞼仍閉合着，不願意看見我這個醜陋的粗人，嫩綠的草莖仍朝下堅韌地彎曲着，忍受着我給予它的傷痛。我羞愧得抬不起頭。

　　含羞草在風險叢生的大自然界，抗爭命運的堅毅不屈的精神，令我無比的欽佩。含羞草哪裏會在侵犯者的面前現出絲毫的含羞的表情？「含羞」是人文世界的語言，跟認定的含羞草毫無干係！含羞草的歷史是悲壯的，它的生命是智慧而不容侮辱的。

　　那一年我對含羞草（姑且沿用這個名字）作了深入的思考，想寫一首詩獻給它，終未完成。我的自然知識有限，上中學時生物老師說，含羞草為甚麼會「含羞」？因為它的葉片一旦受到外界的侵擾，葉脈中流動的水分就會回流到莖部，葉片因失水而萎縮地閉合起來，是含羞草生存的本能。這說法是否合理我無法判斷。不久前我的外孫女對我解釋過含羞草的奧祕，我覺得也有道理，可以補充上面的說法。她說，含羞草本是熱帶植物，熱帶多雨，億萬年來，這種平凡的草類由於經常遭到暴雨的襲擊，葉片被擊打得殘缺不全，影響了它的生存。經過無數次教訓後，產生了對暴風雨抗爭的本能，葉片的閉合成為它生存的本能了。動物有條件反射的本能，植物似乎也有，我相信。

　　現在，回到我寫這篇文字的初衷，我是懷着愧疚的心情而為含羞草辯誣的。「含羞草」這個名字固然美妙，使侵犯者的罪過不但得到解脫，而且還可從弱者的苦痛之中得到意

外的美感，這是多麼荒謬的事情！

　　經科學家的證實，含羞草並不含羞，為甚麼不能為它更換一個符合它本性的名字？我真不理解。

童 心

導讀

《童心》講述了一個很動人的故事。跟着作者的筆墨，我們追隨老畫家走過十字路口，拐進左邊的一個小胡同，跪在一排平房前的水泥地上，吹掉塵土尋找一幅畫：一個穿裙子的小女孩在跳舞，兩條辮子飛揚得老高，眼睛異常有神。老畫家年過八十，身體好像不太好，走路已經有點晃晃悠悠，也不能久蹲，可他費那麼大的勁，竟然只是為了找這麼一幅小孩子的畫作。

為甚麼老畫家會看重這樣的一幅畫？文章最後告訴我們，老畫家認為「畫漫畫，必須有一顆童心」。可是，從老畫家的行為，我們不是已經感到他的童心了嗎？看到他對藝術的執着，讀者的敬佩之情油然而生。

讀完全文，我們忽然想到，關於這樣一位令人敬佩的老藝術家的相貌，文章一句都沒有交代。文章時時刻刻抓住的，只有他的眼睛。作者一開始就提到了老畫家的「亮眼睛爺爺」的稱呼。說話時看着「我」的口形的，是這雙圓睜的眼睛；盯着地面的，是這雙又大又亮的眼睛；發現畫面被破壞而感到失望的，是這雙淚汪汪的眼睛；凝視着畫面的，是這雙瞇縫着的眼睛；感歎自己童心不再時湧出熱淚的，還是這雙眼睛。

眼睛是心靈的窗戶，何必再寫其他的相貌呢？以貌取神更高明。

去年三月下旬的一個早晨，我準備去附近公園散步，一出門，看見鄰居老畫家在前面急匆匆地走着。他還穿着冬天的棉襖，好久好久沒見到他了。一入冬，他就很少邁出家門，他已年過八十，比他的好朋友葉淺予只小一歲。

　　我走快了幾步，習慣地輕輕拍一下他的肩頭，表示問候，因為他耳聾。他少年時得過一場熱病，從此就完全失去了聽覺。他回過頭，看見是我，憨憨地笑笑。他的眼睛又大又亮，很有神。他與世界的聯繫，主要靠這一雙眼睛。我的外孫女就叫他「亮眼睛爺爺」。

　　我用手在空中畫了個問號，問他幹甚麼去，他揪揪我的衣袖，用他自己聽不到的聲音說：「跟我一塊兒去走走吧。」我很願意陪他走走。

　　在這個住宅區，能夠和他對話的人不多，除他的老伴之外，只有我還可以和他談談心。他操着童年時的蘇州土語，我只能猜着個大概。我說話時，他圓睜着眼睛，看着我的口形。他實在不懂，我在自己的手心寫一兩個字，他就全可明白。

　　我心想他一定是帶我去一個僻靜地方散散步。他走在前面引着我，我緊緊跟隨着，也有護着他的意思，最近幾年他走路時姿態有點晃晃悠悠了。我心裏也有幾分好奇，這老頭兒一定發現了一個甚麼好去處。我們都是新搬來的住戶，附近有許多地方都沒有去過。

　　在一個十字路口，他停了下來，向四處張望，像是在找尋一個標誌。我心裏更加好奇，他帶我來幹甚麼？顯然不是來散步，更不是找個僻靜處跟我談心。這時他似乎醒悟到甚

麼，拉着我朝左邊一個小胡同快步走去。當走到一排平房的前面，他站定，彎下腰在房簷下的水泥地上找尋着。

幾個小孩走上來問：「老爺爺，丟了甚麼東西了？我替您找。」孩子不曉得他耳聾，問了幾遍，他沒有一點反應。孩子們以為我明白他找甚麼東西，問我，我說，「我也不曉得。」

我們的身邊聚集了十多個小學生，都彎下腰來找。有幾個孩子說：「大概丟了錢了吧。」孩子們眼睛尖，地上甚麼也沒有。我莫名其妙地也跟老畫家深深地彎下腰在地上尋覓着那個「東西」。

老畫家蹲了下來，用嘴使勁地吹水泥地上的塵土，孩子們都圍過來幫他吹。大概由於腿蹲着難受，他索性跪在地上，又大又亮的眼睛死死盯着地面。我用手比畫着問他：「找到了？」他仰起臉來，兩眼淚汪汪地說：「找到了，但看不清楚了。」

我看清楚了。在我們的面前，隱隱約約現出一個用粉筆畫的女孩兒的像，模糊的線條，有點像遠古的巖畫。

老畫家激動地對我說，他昨天下午在這裏看到一個小女孩畫畫，畫得非常快，畫的是一個穿裙子的小女孩跳舞，兩條辮子飛揚得老高，眼睛畫得異常有神。畫完以後，那小畫家就跑着走了。他立在那裏入迷地看了好半天。晚上回到家裏，一直想着這個畫。天一亮就爬起來，衣兜裏裝上速寫本，他要把這張畫臨摹下來。他一邊搖頭，一邊說「可惜可惜」。

我模模糊糊地看到地上的畫，兩條辮子有如小鳥的翅

膀在飛，稚拙的線條的確有魅力。老畫家從上衣口袋裏掏出速寫本，一邊瞇縫起眼睛凝視着畫，一邊用鉛筆敲着自己的腦袋，對我説：「昨天下午就該來。」他在速寫本上只用了一兩分鐘就勾畫出那個跳着舞彷彿已經走遠了的小女孩的形象。他接連畫了兩三張。不停地説：「畫得不像，抓不住那個形象了，她走了……」

許多小孩子圍過來看他的畫，我指着地上的畫的痕跡問面前的孩子：「是誰畫的？」他們七嘴八舌地在議論着究竟誰是這幅畫的作者。他們似乎都認得她。孩子們對老畫家發生了興趣，問我：「他畫她幹甚麼？」我説：「這老頭兒是位畫家，他要把地上的被腳步踩壞的畫重新畫出來。」一個孩子説：「他真是個有意思的老頭兒。」

在回家的路上，老畫家不時地在搖頭，不説一句話。分手的時候，他對我説：「昨天沒睡好，就擔心畫會被掃街的人掃掉了。半夜想去臨摹，老伴不讓去，説路燈暗，甚麼也看不清。唉，只怪起太晚了……」他説得很快，我還是都聽明白了。

——我説的是漫畫家陸志庠。年紀大的上海人會知道他的。

過了幾天，我遇到了他，他難過地對我説：「我老了，畫不了漫畫了。畫漫畫，必須有一顆童心。」我在手心寫了「童心」兩個字，望着他，指着他的胸前，説：「你有，你有！」他從我的口形已能明白我説的話，搖着頭，眼睛裏湧出了熱淚。

高粱情

導讀

　　大地因為有高粱的點綴而激情似火，人們因為有高粱的哺育而生生不息。文章對高粱的顏色和根的描寫令人印象深刻。

　　高粱穗是紅色的。有的深紅，有的粉紅，從高處俯瞰，「有的高粱地就如鮮血的河流自上而下地瀉下來」，彷彿還交織着雄渾的吶喊。

　　高粱根是強勁的。條條氣根，像「流瀉的晶體」，像鷹爪，深深地扎進大地，任風暴也無法撼動。

　　紅色的高粱穗正如鮮血一樣，作者從高粱地裏感受到一種血性之美。在那樣苦寒的氣候下，貧瘠的土地上，它能耐得住大自然的折磨，這種強悍的性格就是血性的表現。

　　結實的高粱根正如摔跤手一樣，穩穩地站在地上，等待對手的攻擊。事實上，連最有力氣的小夥子都很難拔動高粱。

　　作者寫高粱，也是寫人。被高粱所養育的人，自然繼承了它的一切。高粱的種種特性，正是人的身體和性格的象徵。父親説高粱的血就流動在人們身上。作者説在他的「骨骼裏、肌肉裏、血液裏、眼淚裏，直至粗硬的頭髮裏，都蘊涵有高粱的魂魄」。

　　我們還讀到，在高粱的氣息裏，在《高粱情》的字裏行間，到處都閃爍着作者父親的身影。他種高粱、看高粱、尊重高粱，連筆筒裏也插着通紅的高粱。高粱是父親的化身。他們一樣偉大！

一

從我想寫童年的那一刻起，就懷着崇敬的心情，想到了高粱，想寫高粱。但高粱對於我來說太巨大了，我不敢輕易觸及它，生怕褻瀆了它。早應當寫一首詩獻給高粱。童年時，高粱是莊稼，是糧食，是童年的世界，六十年之後，高粱成為一種超自然的淨化心靈的力量。

我好好壞壞寫過幾百首詩，為甚麼沒有一首是寫高粱的？並不是我對它愛得不深，我忘記了它，絕不是。我總覺得，直到今天為止，我的詩仍弱小，還寫不出可與它相匹配的大詩。在赤忱的高粱面前，我慚愧之餘，只能寫下這些零碎的高粱米似的文字。

人世間有許多與人永遠同在的美好生命，對它們的記憶和感念，都不足以說明我們與它們關係的深刻性，它們與我的親生父母和故鄉同樣神聖。高粱在我的心靈裏就有着這種地位。一想到高粱，眼前就現出了它正直的莖幹，碩大的血紅的穗頭，緊緊抓着土地的鷹爪般的根部，以及它那火的、酒的、美的品性。如果有現代圖騰，高粱就是我的故鄉和祖先最真實而永恆的象徵。它能引起強烈的膜拜的情緒，「膜拜」這個詞或許太舊了，不該用。

十四歲那年我離開故鄉之前，一年四季，頓頓飯離不開高粱。可以這麼說，自從我斷奶之後，高粱就代替了母親的白色的乳汁。它塑造了我的體軀和生命，骨骼裏、肌肉裏、血液裏、眼淚裏，直至粗硬的頭髮裏，都蘊涵有高粱的魂魄。高粱能釀酒，釀醋（我的祖母是釀醋的能手），是戰馬出征前的飼料，高粱也釀出我童年的牧歌。這都是實實在在

的。祖母如果今天還活着，她也會理解，不要以為她沒有文化，不懂詩文。我記得她說過一句話：「我們的命是高粱麪捏的，黑苗苗的，有火勁兒。」

二

我的家鄉在苦寒的雁門關下，土地灰茫茫的，十分的貧瘠，有一條暴躁的滹沱河，完全不能灌溉乾渴的七溝八梁的田地，它缺乏能體貼大地的那種滋潤的氣質，它只能激化家鄉人的強脾氣。雨水少，土地苦苦掙扎。能夠種麥子的地極少，只有耐得住大自然折磨的強悍的高粱好養種。千百年來，大地、人、高粱只能相依為命，成為苦難與命運的悲壯的契合。

是的，我是吃高粱長大的，就像牛一生只吃草。鮮嫩的帶着露水和晨光的草葉，以及它那苦香的青色而有黏性的汁液，養育出了一個個高大壯實的牛的生命；草葉的一滴滴汁液，神奇地化為甜的奶汁，化為威武的牛角，化為寬闊的充滿了愛的鳴叫聲。這些，我自小就能理會到。薩特說，童年最接近自然。童年的我，一口一口地吃高粱長成的骨架、血液，跟吃別的糧食長出來的骨架和血液，我覺得很不一樣。因為，高粱釀的酒最醇香，一點就着，會騰一下升起清瑩的火焰。高粱和它的魂魄所顯示出的個性，在我的生命裏無處不在，因而我也有了它那一點就着的火性子。

已經有半個多世紀不吃高粱了，但我不可能忘記它。對高粱的記憶不只是依靠心靈和夢，我的肺，我的手指和皮膚，也有着永不消褪的記憶。夏天的清晨，從高粱地裏升起

的凝重的霧與滹沱河上翻騰的霧，色澤和氣味都不同。高粱地的霧是近乎濕潤的液體，彷彿是從人的胸腔蒸發出來的，帶着熱汗氣息。字典裏，我們的語言裏，真找不出能夠貼切地說明高粱氣息的那個詞。高粱的熱氣與人身上的熱氣十分相似。當高粱長得高過人頭，高粱地成為「青紗帳」（唉，我暫且借用青紗帳這個詞，我覺得它太輕柔，紗和帳在我的感覺上跟高粱聯繫不起來，高粱是絕對的男性的）。每天清晨，我的手腕上挎着竹籃，到我家僅有的一畝水地的田邊摘金針菜。金針菜剛剛綻開一點頭，還沒開成花。當我摘下來，有的竟然在籃子裏開了起來。我常常不走大道，執意地穿過一片一片的高粱地，高粱葉的濃重的清香氣息裏開始帶出絲絲甜味，不用抬頭看，就可知道高粱穗子正在由青轉紅。涼涼的有彈性的葉片，輕輕劃過我的面頰和敞開的胸脯，覺得高粱伸長了手來撫摩我，癢酥酥地在胸前留下了淡淡的像成熟的玉米纓穗的痕跡，毫無疼痛感，過一會就如朝霞一樣地消失了。陽光正升起，看不見遠方的日出，但能感覺到一天最初的陽光的那派鮮亮與生氣，身上落下了閃閃爍爍跳躍的光斑，它們在皮膚上彈跳時，有一點快感和親吻的重量。從一株株挺拔的高粱稈的縫隙中，人搖搖晃晃地穿行，就像夢中遊走，渾身浸濡在高粱的人性般的神采之中。高粱一定曉得我愛它，在微風中笑出清脆的聲音。我甚至聽懂了高粱的奇異的語言，它的語言是以氣味、聲息和顏色脈脈地傳播向大自然的。

三

　　所有的莊稼地，不論是麥田或穀子地，對於我都不存在誘惑力，它們矮小、稠密，只能是螞蟻和小蟲的極樂世界。童年時，高粱地才是一個真正廣闊迷人的境界，可以深深地置身其中，隱藏在它的蔭庇裏。高粱拔節時期，不時能聽見鋤地的莊稼漢們拉長嗓子吼唱粗獷的情歌。我和同伴，多半是喬元貞，入秋後，常常躺在高粱的叢林裏，比在河邊的樹林裏還令人自在；人們即使知道我們在裏面，可誰也找不到，我們消失在另一個世界。總有幾處因缺苗而空間大點，我們就安逸地躺在這裏。每塊高粱地裏又常有幾棵野生的香瓜蔓，掛着幾個長不大長不熟的瓜，它們綠得寂寞，聞着有青草氣，咬一口苦得令人咋舌，我們勇敢地蹙着眉頭連皮帶瓤吞進了肚裏。嘿，它好歹也是個香瓜，我們憐愛它，也理解它，它和我們都是苦的。我們家鄉人說，半大的兒童，跟棗子、桃、杏和瓜一樣，都有一段發苦的成長期。苦，是生命渴望成熟和釀出甜味的前奏。我們的生命需要味道，愈強烈愈好。苦得鑽心更能滿足無名的飢渴，對於生命來說，苦似乎也有營養。

　　周圍安靜極了，有風的時候，最為舒暢，風在高粱林裏變得很柔和，像被篦子梳過一樣，把沙粒、塵埃等全都梳掉了。風，搖撼着沉沉欲睡的空氣；風，攜帶着遍野昆蟲的歌，草花的香氣和高粱的溫馨，愛撫地浸泡着我們，肺裏、血液裏全都充滿了昆蟲的歌和柔潤的高粱味的風……從顫動的高粱葉片上篩落下的露珠，裝飾着我們赤裸的軀體，我

們不知不覺地沉入了無底的絢麗的夢中。高粱曬米的時節，高粱穗像一顆顆青春的心臟在膨脹和搏動着，生發出濃鬱的熱氣，我們彷彿被這千萬顆熱烈的心擁抱着烘烤着，渾身汗涔涔的。我和元貞膚色鮮紅，正像兩穗紅高粱。隱約地聽到我的姐姐和海大娘（元貞媽）在高粱地的某一處呼喚我們，她們找半天才找到了爛睡如泥已經與大地融為一體的兩個地之子。哦，地之子，這個詞創造得多美多神。天之子，應當是鷹或星星，絕不是皇帝；而地之子，卻只能是我們，還有高粱。六十年之後，我仍感到幸福。

　　一大羣烏鴉常常在高粱地上空低低地旋，飛，哇哇的噪叫聲把我們從夢中驚醒，我們仰天張望，烏鴉黑壓壓的羽翼撲搧着，聞到了一股黴濕的鳥窠的臊味，寧靜的天空被攪得破碎了。當烏鴉拍擊着羽翼落下來，在高粱穗上啄食。我們憤怒地立起身，齊聲吶喊，用土塊轟擊牠們，烏鴉哇地飛向高空，高粱叢林又恢復了寧靜和原有的風采。但那股鴉臊味久久地留在空氣裏，使人非常厭惡。我們從深深的高粱叢林走出來，有夢醒的感覺。我們像告別親人似的說：「高粱地，明天見了！」

四

　　大革命失敗後，父親從北京回到家鄉，虔誠地種了七年地，也就是說，種了七年高粱。他和別的莊稼人不同，他不僅養種高粱，而且欣賞和敬重高粱。有幾次，我為他送水到地裏，看見他坐在野外最高的那個地方：一截古代的土城，村裏人叫它「大牆」，總有近兩丈高，像陡峭的山峯，父親

獨自坐在上面抽煙，好半天好半天不下來。村裏人說他坐在上面是「心裏編曲兒哩」。

每天黃昏後，他帶領村裏的「自樂班」又拉又唱，直到半夜才收場。回到家裏，我問他：「爸爸，你坐在大牆上面幹甚？」父親笑着說：「我在看遠遠近近的高粱地。」我又問：「高粱地有甚好看的？」他說：「高粱在莊稼裏最有血性，我和你都不如它。」我雖不理解父親的話，但也能多少體味出他話裏的意思，父親有沉重和疚愧的心情，那些年他活得苦悶，有點消沉。「高粱也有血？」「有。」「它的血在哪裏？」「在我們身上。」「爸爸，你說的我不懂。」「長大之後，你就會明白。」六十年之後我才明白了。高粱的血的確還湍激地流在我的生命裏，我有感覺。父親的血管裏，到死也一定有高粱的血性。正如下游的河水裏蘊涵着千里以遠的源頭的水。

父親從北京回來已有好幾年，他的打扮跟本村的莊稼人已沒有兩樣，但他的面孔卻又黑又瘦，沒有別人那麼結實紅潤。他的目光顯得有些重濁，不像其他莊稼人的目光單純透明。誰也不會想到，他常常深夜在油燈下誦讀郭沫若和徐志摩的詩。他有時也伏在炕桌上寫甚麼，我相信他多半在寫高粱。他把幾穗通紅的高粱插在筆筒裏，擺在炕桌上。不過我始終沒有看到他寫的甚麼。如果他寫高粱，一定比我現在寫得真摯，寫得深沉。父親已經去世三十年了，他不會完成他心中的詩了。如今我來寫高粱，蒼茫的心靈感到慚愧，有愧於哺育我童年的高粱，也有愧於熱誠地養種過高粱的父親。

只有一次，學父親的樣，我爬到「大牆」上面，看遍野的高粱地，正是仲秋季節，高粱穗全都泛紅，有的呈深紅，有的呈粉紅，在陽光下真正有着熱烈的撲面而來的血性！因為地勢高低不平，有的高粱地就如鮮血的河流自上而下地瀉下來，我彷彿聽到了雄渾的吶喊聲，父親也一定聽到過。我被面前的景象所震懾。以前，只是鑽在高粱的叢林裏，聞高粱氣味，做黑甜的夢。第一次看到如此壯麗而驚心動魄的高粱地，不，是高粱的世界！整個空間，從天上到地下，都充滿了高粱耀眼的光輝。過去我只知道白天的亮光來自天上的太陽，但高粱紅的季節，火焰的高粱地，使白天格外地亮麗，天地間似乎多了另一種光，比陽光還要濃豔。一年四季裏只有這一段時間能給人以這種感覺。的確，如果僅僅有平常的陽光是釀繪不出真正的秋日和秋色的。面前的高粱的血性的大地，不是由於你形容它修飾它，它才不朽和有了光彩，應當像養種高粱那樣，創造新的只屬於高粱的詞語，讓高粱雄偉地聳立在人世間。我寫這篇文章，最終就是為了要找到這些詞語，它不屬於古舊的詞典，只屬於新鮮的有血性的詩。

五

高粱的根，最使我敬佩，它是我的家鄉所有莊稼中最強勁有力的根，而且很美。

高粱的全身上下沒有一處不具有個性和力度。當然，最寶貴的是它的穗兒和連着穗兒的那一段箭稈。穗兒就是糧食，箭稈皮可編炕席。高粱的挺拔而粗壯的莖稈，給人以自

信和力量。使我驚異的是高粱的根，它不但在看不見的地下扎得很深很深，而且在高粱稈的下端離地尺把高的關節處，向下長出了許多氣根，有點像榕樹的根，看上去是流瀉的晶體，但用手摸摸，又是那麼地堅韌，像鷹爪一樣，它們不幾天就強有力地抓住了地，彷彿擒拿住一個龐大的活物。我問父親，為甚麼高粱下邊長了這麼多爪子？曾在朔縣農業學校讀過書的父親告訴我，不要以為草木、莊稼都不如人，都無知無覺。不對，這是人類的偏見。莊稼都很聰明，它們對大自然的感覺，有些比人類還要敏銳。它們有的爬蔓，緊緊貼着大地，有的樹一般地站着，都是為了生存，爭得陽光和空間，延續自己的生命。高粱稈下部的氣根是最不可缺少的，高粱很有預見性，是經受過千萬次的災難後才獲得的。夏天暴風雨來臨之前，就迅速地生出氣根，深深地扎進地裏，風暴才無法撼動它，就像一個摔跤手，腳跟穩穩定在地上，等着對手向他撲來。

父親說：「高粱的根最苦，所有的蟲子都不敢咬它，根是它的命。」高粱「意識」到了這點。父親掐了一小截，他自己先嚐，讓我用舌頭舐了一下，啊呀，那個苦勁兒到現在我還記得。

麥子、豆秧能用手連根拔，但是再有力氣的後生都很難拔動高粱。我小時練摔跤時，教的佩珍伯伯說：「站得像高粱一樣，要有它那抓地的根，要練到根從腳脖子上生出來。」他還說：「我摔跤時腳定在地上，覺得我不是有兩隻腳，我有幾十隻！」高粱就有幾十隻腳，而且隻隻腳入地三尺。

我這一輩子練不出高粱的鷹爪般的根了。我只能靠兩隻赤裸的腳，艱難地立着，跋涉着⋯⋯

六

高粱的根是好燃料。七十年代，我在湖北咸寧寫過一首詩，題目是《巨大的根塊》。當時我就想到了高粱的根。我們家鄉叫茬子，準確地說是指帶點莊稼稈的根。家鄉人用煤燒飯，高粱茬子是好引火柴。高粱稈有大用途，人們捨不得用它燒飯。我家的地很少，引火柴不夠，一到收割高粱的那一陣子（十天八天），我和村裏的孩子，肩頭掛個小鎬頭，到地裏去刨高粱茬子。這是一種很累的活兒，須在收割的當天刨，當天不去刨，第二天就被別人刨光，而且曬幾天後地也硬得刨不動了。因此，那幾天人再累再累也得去刨。我們家鄉把這種活兒叫「砍茬子」。不但砍高粱的，還砍穀子的。

我們總是成幫去，除去鎬，每人還帶一根煞繩（較粗的一種麻繩），到得地頭，立即頭不抬地刨了起來。有的地主家刻薄，開割前告誡長工「茬子留低點」。刨這種茬子，手沒法拽着，很吃力。但是收割的長工們還是留的不算短，都是本村人，他們明白，不能讓貧窮的人家沒有引火的柴。刨完一塊地，就把刨起的茬子歸成堆，一邊歸堆，一邊把上面的土磕打乾淨，這樣便於晾乾，背着也省勁。一天兩趟，晌午一趟，黃昏一趟。我們把高粱茬子堆砌得像一堵夯實的牆。茬子咬茬子，十分的齊整。最後用繩子把它煞緊，留兩個活扣兒正好卡着尖瘦的肩膀頭。當時我們不過十歲光

景，茬子垛的重量遠遠超過自身的體重。三五個孩子背着茬子垛艱難地走着，從後邊看不見我們的頭，只看到兩條細瘦的腳脖子在動。背茬子垛須彎着腰，汗順着披在前額的「馬鬃」（兒童的一種髮式）一滴滴地灑一路。我們的茬子垛一樣大小，碼垛之前誰刨的少，大家勻一點給他。喬元貞一向手腳慢，搶時間的活兒，他不如我快捷，而他們家卻最窮，連一分地都沒有。背進村子，喬海大娘立在門口誇獎兒子：「看我們元貞真能幹。」元貞極老實，說：「我們刨好了平分的。」

背到院子裏，茬子還得再曬兩天。祖母能從茬子的高矮認出是從誰家的地裏刨來的，姓安的地主家茬子最短，不足三寸。茬子乾透以後，我把它們碼在窗台下邊。祖母看着我碼好的高粱茬垛子，摸着我瘦削的肩頭上一道道血印，心疼地説：「明天去帶上我的罩頭的布墊着。」我怎麼忍心用她的罩頭布，她只有一塊，只在磨麵時才用。我後來學背炭的大人，在肩頭上墊上柔軟的茅草或青高粱葉子。

我家為甚麼日子過得那麼窘迫？因為父親那幾年到太原進教育學院讀書，家裏只我這個半大的孩子還算是個勞力。我不幹，祖母做飯沒有引火柴，我小小的心已懂得疼她。祖母最喜歡用高粱茬子引火，高粱茬子在灶膛裏畢剝爆響的聲音聽着暢快，不像麥子穀子的茬子既不耐燒，又缺乏火焰。高粱茬子有酒的火性，燒成灰燼半天半天不冷。夜裏常常看見灶膛的熱灰裏，有一閃一閃的小火星在遊動，祖母説，是「七寸人」（民間傳説中的矮人）打着燈籠去趕集。我痴痴地望着灶膛，覺得「七寸人」一定也是高粱養育大的，跟我一

樣。他們白天隱身在高粱莛子裏。有一回，我埋了三個山藥蛋在灶膛的熱灰裏，掏出來吃的時候，只剩兩個，我誣説是妹妹偷吃了。祖母笑着説：「不是二妮子吃了，是七寸人吃的，一個山藥蛋夠七寸人全家吃好幾頓。」祖母説的一點不神祕，像談鄰居的家常小事。當時我相信是真的。世界太神妙了！

七

高粱收割完後，在我的心靈上，沒有收穫的歡快，也不覺得田野因此而輕鬆與開闊，我的天地被破壞了，火焰的大地突然熄滅，變成灰燼般的廢墟。小小的心靈傷感好久好久才能習慣，再也沒有那個美好的境界去深深隱藏自己了。

莛子一刨盡，顯露出久違的甜根苗，小小的野花野果，還有祖先的墳墓。我們必須趕在翻地之前，挖幾天甜根苗。常常帶着狗一塊下地，狗在空曠的田地裏奔跑、耍歡，到處聞來聞去，用爪子刨田裏的地鼠，追趕啄食的成羣的烏鴉。大人們嫌我們挖甜根苗，把地弄得坑坑窪窪，他們遠遠地喊叫、威嚇。田野的空氣變得陌生與空虛了。疲累至極的土地卸去了沉重的負擔，舒暢地喘着氣，遠遠望去，田野籠罩着一層混沌的塵霧。田野上高粱的氣息還戀戀地凝聚不散，這是因為到處遺留着高粱多彩的葉子，血紅的，黃的，更多的是青的。風吹捲着它們，颯颯有聲，如羽毛似的飄動着，飄得很高很遠。滹沱河帶着它們流向東山那邊。大道和曲折的小徑上，村裏街巷的角落，到處都有它們的蹤影，它們彷彿是高粱的多彩的詞語，熱誠地跟世界對話，依依地告別。

田野一旦失去了高粱，就失去了熱烈的氣氛，突然地變得蒼涼和冷寂了。酸棗叢千萬顆晶瑩的紅果，成為田野上僅有的光彩；一直到白雪封蓋住苦寒的大地，酸棗還火種似的紅着。家鄉的傳說中，酸棗是高粱堅貞的情人，她總是守望在高粱地的近旁，用犀利的尖刺護衛着高粱。養種高粱的莊稼人從來不忍心砍伐地邊的酸棗叢。高粱的故事，祖母能講很多，關於高粱的曲子村裏的年輕人都會唱不少。我也可以唱。

八

養種過高粱和詩的父親，已經離開人世間三十年了。我知道他心裏埋藏着許多未完成的詩，其中最沉重的幾首裏，有一首一定是感念高粱的。他去世前從西北高原回過故鄉兩次，最後一次帶回一小袋家鄉的高粱。當時是一九六一年，他想把它們一粒粒地播種在子孫們的心上。在我的心上也播種了幾粒。我此刻寫高粱，真正覺得不是我一個人在握筆書寫，我一個人撼動不了寫高粱的這支筆。高粱最難養種，最難觸動它，它的鷹爪般的根，深深地扎在我的心靈裏。要撼動它，非得帶出我的心血不可。我感到父親默默地立在我的身後，正如童年時我練着吹笙，他總是站在不遠的地方，仔細諦聽着每個音律。我覺得父親正看着我此刻寫下的每一個字，我感到了他的溫熱的目光和呼吸。這不是幻覺，也不荒誕。我寫高粱只能憑藉父親對高粱那種虔誠的心境與情感去寫。我握着的筆，本來應該由父親握的，我只配當他的助手。我們家那麼多美好的傳說，那麼多純情的牧歌，從來說

不清是由誰寫的編的，它們是一代一代的人傳說傳唱下來的。高粱情也會一代一代地傳下去，我一個人是沒有力量把它寫盡的。

　　此刻是深夜，故鄉的高粱正開始拔節，我聽見了……

責任編輯　楊紫東

封面設計　高　林

版式設計　鄧佩儀

排　版　陳美連

印　務　劉漢舉

名家散文必讀系列

牛　漢

作者　牛漢

導讀　劉子凌

出版｜中華教育

香港北角英皇道 499 號北角工業大廈 1 樓 B 室

電話：（852）2137 2338　傳真：（852）2713 8202

電子郵件：info@chunghwabook.com.hk

網址：http://www.chunghwabook.com.hk

發行｜香港聯合書刊物流有限公司

香港新界荃灣德士古道 220-248 號 荃灣工業中心 16 樓

電話：（852）2150 2100　傳真：（852）2407 3062

電子郵件：info@suplogistics.com.hk

版次｜2023 年 7 月第 1 版第 1 次印刷

©2023 中華教育

規格｜32 開（195mm x 140mm）

ISBN｜978-988-8860-11-1

本書由天天出版社授權中華書局（香港）有限公司以中文繁體版在中國大陸以外地區使用並出版發行。
該版權受法律保護，未經同意，任何機構與個人不得複製、轉載。